SIETE RELATOS SOBRE EL AMOR Y LA GUERRA

COLECCION SEPTIMO DIA

Diseñó la portada: Valeria Varas

Rosario Aguilar

7 Relatos sobre el amor y la guerra

EDITORIAL UNIVERSITARIA CENTROAMERICANA

Primera Edición
EDUCA, Centroamérica, 1986

Edición: Alfredo Aguilar

863-4   Aguilar, Rosario
A283s   Siete relatos sobre el amor y la guerra /
          Rosario Aguilar.— 1a. ed.— San José, C.R. :
          EDUCA, 1986.
            P. 158

            ISBN 9977-30-088-7

          1. Literatura nicaragüense. 2. Novela nica-
          ragüense. I Título.

© EDITORIAL UNIVERSITARIA CENTROAMERICANA
EDUCA

Organismo de la Confederación Universitaria Centroamericana que
forman la Universidad de San Carlos de Guatemala; la Universidad
de El Salvador; la Universidad Nacional Autónoma de Honduras; la
Universidad Nacional Autónoma de Nicaragua; la Universidad de
Costa Rica; la Universidad Nacional de Costa Rica; y la Universidad
de Panamá.

Apartado 64, Ciudad Universitaria Rodrigo Facio

Le dedico este libro a Iván.
Conozco los lugares más bellos y
apartados de mi país gracias a él.
Juntos hemos navegado los lagos,
los ríos, las lagunas de Nicaragua.

R.A.

Sobre el amor

"AMANDOLA EN SILENCIO"

"When the Winter comes, I will take you to Nicaragua"

Salomón de la Selva

("Tropical House" — Tropical Town and other Poems)

I

¡Qué bonito estar así! Los dos entrelazados viendo a través del ventanal abierto el cielo azul. ¡Qué pereza! ¡Cuánta quietud!

Quisiera ronronear como la hembra colmada de un felino.

Y sin embargo, siento sorpresivamente una punzada de pesar y de nostalgia en mi corazón, y en lugar de sentirme feliz como debiera, por amar y ser amada de nuevo, dos lágrimas se derraman de mis ojos muy a mi pesar.

Quisiera ocultarlas para que Jorge no las note. Detesta los recuerdos que alientan mi melancolía.

Ciudadano norteamericano pero nacido en Cuba y traído a Miami en 1962, desde muy pequeño, ha olvidado o tratado de olvidar su pasado. De su personalidad se desprende un halo de entusiasmo, de optimismo. Su cuerpo vigoroso no sabe demostrar cansancio. Ni tristeza. Y es en estos mis momentos tristes, cuando no estamos acordes.

Pero es que siempre hay algo, aunque sea una menudencia, que trae de golpe a mi vida un recuerdo.

Creo que ya no es conveniente para mi futuro amar estos recuerdos fijos al parecer para siempre, en mi mente. Tal y como dice él, tendré que hacer un esfuerzo para desprenderme de ellos.

Repaso a menudo las anécdotas... como ahora que el cielo azul con el ventanal abierto, los narcisos florecidos, y nuestras caricias, me trajeron de golpe a mi memoria aquel otro ventanal en la casa de mis suegros, en Managua, Nicaragua, en junio de 79 cuando estaba recién casada.

Sí. Por el ventanal abierto veíamos Eddy y yo el cielo azul de Nicaragua.

Se mecían las ramas florecidas de las acacias, oíamos el zumbido afanado de cientos de abejas que como nubes rodeaban el árbol de nancite lleno de flores. Los pétalos color ciclamen de la veranera.

Pero más allá el cielo azul estaba saturado de humo negro, y por el cielo, tan bello, tan azul, volaban aviones y helicópteros que bombardeaban la ciudad.

Por el espacio entre el cielo y la tierra caían las bombas, los rockets, surgían las explosiones y ascendían las llamas y el humo.

Todo el día y la noche se escuchaban las ametralladoras. Los cañonazos.

Eddy y yo estábamos en esos instantes ajenos a la contienda y en la cama, y desde la cama, observábamos únicamente el brillo del cielo, las acacias con flores, una que otra nube blanca.

Con el mismo ardor con que se combatía nos acariciábamos celebrando nuestra luna de miel, nuestro matrimonio llevado a cabo a la carrera, al final de una época que nosotros no sospechábamos que agonizaba... ¡Ah!, cuando la guerra de 79 se generalizó.

Así, amándonos, casados bajo un mal augurio, esperábamos ingenuamente a que todo concluyera. A que el país volviera a la normalidad.

Nuestra normalidad.

Mis suegros se habían marchado a Miami y nosotros cuidábamos aquella bella mansión en donde teníamos agua, luz y provisiones. Comidas y bebidas como para celebrar por cien años nuestra luna de miel.

Nos podíamos quedar así, eternamente, los dos. Amándonos. Expresándonos en mil formas aquel ardor juvenil, la pasión. Como si la guerra que se luchaba en nuestro país no sirviera más que de escenario romántico para acentuar nuestra unión.

Reíamos. Nos acariciábamos y creíamos que todo aquello no nos afectaría en absoluto... éramos jóvenes; yo estudiaba arquitectura, Eddy leyes. Estábamos enamorados y acabábamos de casarnos.

No, nada de aquello nos concernía.

Nosotros no éramos políticos, ni militares. No nos metíamos en nada.

Mis suegros se habían ido días antes, por seguridad personal y para evitarse todas las inconveniencias de estar presentes en aquella lucha que a todas luces se veía venir.

Ni siquiera se nos pasaba por la mente, en esa época, analizar nuestros orígenes de clase... eso vino después.

En esos días, nosotros, jóvenes irresponsables en muchos aspectos, solamente esperábamos encerrados en aquella casa tan cómoda, segura, a que terminara la guerra; como si fuese un aguacero, mientras gozábamos nuestro amor desde aquella cama, con aquel ventanal de frente... rodeados de defensas indestructibles.

¡Cómo no recordarlo ahora! Analizarlo de nuevo.

En los barrios se combatía, se moría de verdad, y todo aquello estaba marcando, mejor dicho, marcó, nuestro comienzo con un signo que nosotros ignorábamos.

Cómo saberlo. Sí, creíamos que nada nos afectaría, y sin embargo, a pesar de nuestro ardiente deseo por conservar para siempre nuestro mundo intacto, ya todo estaba cambiando.

Eddy era el más guapo de los muchachos del grupo. Blanco, con su pelo rubio, con unos ojos risueños color miel, sin parecer ni gota afeminado.

Su cuerpo siempre fue atlético, deportista.

Jugaba tenis en el Nejapa Country Club, o frontón en la Casa España, o buceaba en Jiloá. Ganaba los torneos, salía mal en los exámenes y todo el mundo en Managua le adoraba.

A pesar de tantos trofeos, no sé si estaba preparado para enfrentar todo aquello que se nos venía encima.

Porque quisiéramos o no, teníamos que salir algún día de aquella casa, interrumpir nuestros coloquios amorosos desde aquella cama terapéutica, cerrar las cortinas que daban hacia aquel cielo y madurar.

Madurar. De golpe.

Y para eso, casualmente, es que yo creo que Eddy no estaba preparado. Ni yo.

Cuando cayó León en manos de los rebeldes... sonó el teléfono esa misma noche, insistentemente...

El suegro nos ordenaba salir de Nicaragua, inmediatamente.

En esos momentos nos molestó mucho esa llamada. Primero porque ya nos habíamos dormido y después, porque, bueno, ya éramos mayores, estábamos casados... y no queríamos aceptar órdenes de nadie.

Todavía recuerdo la expresión de Eddy cuando me dijo que a él nadie le mandaba, y que yo pensé para mis adentros: "a mí tampoco".

Pero aquella llamada fue la campanada que desbarató el hechizo. Nos inquietó hasta el punto que ya no pudimos continuar nuestra bella e irresponsable luna de miel rodeados de una guerra.

Por primera vez se me cruzó por la mente que la familia de Eddy, él mismo, podrían estar amenazados. Después de todo, los rebeldes lo habían anunciado: la derrota de Somoza, el establecimiento de un gobierno popular contra la explotación, los ricos, la oligarquía, la burguesía, y ciertamente ellos eran burgueses, arrogantes. Se creían dueños del mundo y la felicidad.

¿Quién osaría jamás interrumpir aquel paraíso del que se habían apropiado?

Eddy era y es el único distinto. Siempre amable, generoso.

Tanto, que a la hora de la verdad, la de tomar la vida en serio, no ha sabido ser fuerte, imponerse, tener carácter. ¡Cuando no se tratara de un amistoso torneo de tenis!

Siempre ha sabido llevarse con toda clase de gente. No es orgulloso a pesar de que toda su vida ha poseído además de riquezas, guapura.

Por eso ahora siento pesar. Era el mejor marido del mundo. Yo fui feliz.

El suegro volvió a llamar y tuvimos que abandonar nuestro castillo inexpugnable y enfrentarnos a la terrible decisión.

O nos quedábamos esperando el desarrollo de los acontecimientos, o los enfrentábamos, o le hacíamos caso al suegro y abandonábamos todo y tomábamos un vuelo hacia Miami...

Yo me equivoqué. Tomé la decisión errada y es por eso que no quiero volver a equivocarme.

No debí moverme.

· Revolución.

Nadie sabe nada de una revolución hasta que sucede en el propio país y hay que tomar decisiones trascendentales para el futuro; para nuestros hijos y nuestros nietos.

Podemos haber leído mucho.

Historia, ensayos, novelas. Pero nada. Nadie sabe lo que significa para nuestras vidas hasta que nos toca vivirla y aún así, es demasiado difícil para entenderla o describirla.

II

Y su gran entusiasmo del principio se ha convertido
ahora en desesperación...

Cristy no regresa.

De la boca del río tan sólo se desprende soledad y silencio y los ojos se le secan de tanto mirar hacia el agua.

Tiene forzosamente que parpadear y parpadea y no
puede impedir que el cansancio la obligue a cerrar los ojos
y dormitar a ratos.

Solamente en esos momentos Leticia descuida la vigilancia; se despierta sobresaltada a observar de nuevo. Pero
del claro de la desembocadura del río continúa desprendién-
dose únicamente soledad y silencio.

Repentinamente se siente prisionera y totalmente
aplastada por aquella exhuberante naturaleza que, en medio
de su desesperación, se le asemeja a una trampa mortal en la
que por amar ha caído.

Por amarle, por seguirle.

Una historia que comenzó inocentemente al mismo tiempo que la Campaña de Alfabetización, cuando ella, maestra recién graduada, sintió una extraña sensación de amor por la Campaña, ilusión por la Campaña.

Su corazón palpitante, su alma generosa y creyente. Su regocijo, su alegría cuando la inscribieron en las escuadras roji-negras.

Aquella alegría incomprensible para los demás, sus parientes y amigos, porque tan sólo ella sospechaba lo que ansiaba. Y quizás su hermana menor, Paula.

Paula la animó. Siempre. Sin saber que con la campaña, se estaba cambiando el curso de sus vidas.

Una utopía que era al mismo tiempo su sueño, su reto.

Desde el instante en que la inscribieron, ¡cómo le quedaron de chiquitos sus propios pulmones tratando de inhalar todo el aire que cruza Nicaragua de océano a océano!

Aquel aire de entonces, este aire de ahora que arrastra consigo los olores de todo lo que ella ama.

La noche que se preparó allá en su casita de Managua, las recomendaciones a Paula una y otra vez. Que la fuera a ver, que buscara a una tía para que la acompañara. Y sobre todo, que se cuidara mucho.

Aquella víspera, en que, su cuerpo no tuvo sosiego.

Sin dormir, sabiendo, presintiendo que después de aquella campaña ya nunca, las dos hermanas, volverían a ser las mismas.

Como la novia recatada y luminosa cuando sale de la iglesia y se despide, ella saldría, se despediría, y partiría, pero al volver, tal cual la novia, no sería menos hermosa sino distinta.. ¡Ah, cómo le preocupaba Paula, huérfana, tan joven y con aquel trabajo en aquella oficina siempre llena de compas!

Cuando llegó a la plaza aquella madrugada, ya estaban allí los camiones anaranjados, las cotones grises, los bluejeans.

Sombreros de palma y gorras de base-ball. Cientos de mochilas... pero sobre todo, la promesa de los caminos de Nicaragua abiertos para los alfabetizadores.

Primero los caminos, y para ella, más allá los ríos.

Los gigantescos ríos del Atlántico a los que conocía únicamente en el mapa.

Fue en la Campaña de Alfabetización cuando por primera vez se enfrentó a ellos y cuando, y desde entonces, unas invisibles amarras anudaron su corazón como si fuera un bote a un muelle incomprensible.

Cuando caiga la noche, por allí se perfilará la silueta que espera y mientras se vaya acercando irá creciendo ante sus ojos.

Entonces y solamente, podrá descansar, dormir, bajar la guardia que le mantiene todos y cada uno de los músculos en tensión.

Frente a la casita, el agua de la pequeña laguna permanece tranquila, calma. Refleja apaciblemente los luminosos colores del cielo, los árboles, el vuelo de los pájaros; pero su corazón está asustado, su espíritu ha dejado de sentir la agradable sensación que siempre le produce el paisaje de aquella laguna en reposo.

Dentro de ella hoy todo se agita locamente. ¡Si pudiera serenarse, apaciguar sus nervios que, indómitos, no le hacen caso!

Para colmo, repentinamente, como una piedra cae dentro de ella un dolor. Dentro de su cuerpo y sumergiéndose infinitamente.

Infinitamente.

Un dolor que por lo sorpresivo nubló su visión, borró el paisaje, los colores, la espera y por instantes, se quedó existiendo sólo y dentro de ella.

Sintió la punzada y simultáneamente comenzó a nacer en su mente la angustiosa sospecha de lo que podía significar.

¡Y si fuera el dolor del alumbramiento!

No tendría el valor de cruzar la laguna sola, de navegar el río, de orientarse en forma alguna.

No podría hacerlo.

Es verdad que sabe matemática, sociales, lenguaje y está capacitada para enseñar a leer y escribir a los que no saben y sin embargo, es algo distinto, no lograría descifrar las vueltas del río ni los posibles senderos en las selvas.

Conoce la Geografía en el mapa, pero una cosa es el mapa, en donde parece una empresa fácil, y otra la realidad.

El lugar exacto en donde se encuentra realmente está fuera del tiempo, la geografía e incluso de la imaginación.

Para toda persona ajena al lugar, los caños se repiten en sucesión idéntica. Todos se asemejan entre sí, multiplicándose a sus orillas los mismos árboles, repitiéndose la misma vegetación. Idéntico el color del cielo y hasta el remolinearse del agua.

Sus corrientes aparentemente siempre se dirigen guardando la misma velocidad hacia un río más grande que todo el tiempo parece ser el mismo, pero no lo es.

Los foráneos se extravían y navegan hacia otros ríos que no son los que precisamente buscan y que no se dirigen a ninguna salida, sino que se adentran hacia lagunas más alejadas.

Adentro. Hacia donde uno tiene la sensación de desembocar profunda e infinitamente en un universo inmenso y semejante.

III

El día en que Eddy entró por primera vez a la oficina donde Paula trabajaba le dejó una profunda impresión.

Fue un día, meses después del 19 de julio, mucho después.

Pareciera que todo sucedió rápido, en secuencia, pero no, fue poco a poco y a grandes intervalos en los que él se ausentaba del país.

Desde aquel primer día a Paula le llamó la atención su pulcritud, su mirada clara, su rostro bien rasurado.

Cuando le entregó los documentos ella se fijó en sus uñas limpias y recién cortadas.

Al levantar su mirada observó que los botones de la camisa eran iguales y después vio que el pantalón estaba bien planchado y la raya bien hecha, que sus zapatos los llevaba lustrados y brillantes.

Aseado.

La antítesis de todos los "compas" que entraban y

salían de la oficina, despreocupados... las camisas desabrochadas y salidas del pantalón, y además, siempre comiendo algo.

Desde su escritorio Paula veía toda clase de bigotes, pero los de Eddy eran rubios y bien recortados sobre unos labios rosados.

Nadie podía pensar, al verlo, aún no simpatizando con él, que era afeminado, porque sus facciones eran apuestas pero viriles, y su cuerpo fuerte y atlético. A pesar de que andaba demasiado bien vestido para las circunstancias.

Paula pensó en lo bonito que es el orden y la limpieza.

Incluyendo el folder que él le presentó, le entregó. Tenía unas rayas perfectamente horizontales, trazadas con esmero y unas letras simétricas.

Y porque el folder estaba sin mácula, lo dejó encima de la pila de los otros fólderes que ese día le habían entregado, y no debajo, como era su costumbre con los últimos que llegaban. Para que no se ensuciara, como un premio a una tarea bien presentada.

En esos días estuvieron tan ocupados en la oficina que se le olvidó el asunto.

Eddy regresó al lunes siguiente. Puntual. Se dirigió a ella directamente llamándola "señorita", tratándola con cortesía casi puntillosa, caballerosamente.

Sin quererlo y en contra de sus preferencias revolucionarias Paula se sintió halagada.

Quería él que le consiguiera la firma del responsable, que por cierto ese día andaba en un seminario y no volvería sino hasta la otra semana.

El caso tendría que esperar.

De ella, de su eficiencia, pero más que todo de su preferencia, dependía si el folder avanzaría o no hasta donde el jefe, cuando éste llegara a la oficina.

El responsable, quien era el único que estaba sobre Paula en la oficina, cuando no estaba de mal genio siempre tenía los dientes pelados, riéndose, como si la vida fuese un continuo chiste. Nunca sonreía, reía a carcajadas.

Casi nunca estaba en la oficina. Llegaba de vez en cuando a dar una vuelta y a firmar. Le aburría el trabajo burocrático y con frecuencia decía que para él habría sido mejor la vida en la clandestinidad, en la "runga"... pero ahora no le quedaba más remedio que continuar el sacrificio empezado para cambiar las cosas que andaban mal,... y dejaba a Paula, a quien conoció en la clandestinidad, a cargo de todo aquel papeleo que había que revisar, firmar. Confiaba en ella. Sabía que era muy seria, tal vez demasiado, y que daría su vida por la causa.

Así ella discernía entre todos aquellos papeles de la gente que reclamaba sus cosas, con cara seria, en aquella oficina improvisada en una casa confiscada; con un abanico frente a ella que revolvía aún más sus cabellos, los papeles, las escrituras y las fotocopias.

Los muebles eran todos discordantes. Despachaba en una mesa de comedor con patas torneadas que hacía las veces de escritorio, una mecedora frente a la máquina de escribir que estaba sobre una mesita de bar.

Ella hacía lo que podía mientras una fila interminable de personas asustadas le llevaban toda clase de papeles para que el responsable les estampara su firma y sello y así poder continuar con los trámites en las otras oficinas hasta llegar a la Procuraduría.

Había casos de casos. Unos ciertos y otros menos ciertos. El jefe quería ser justo pero era difícil.

Por las noches, cuando tocaba vigilancia, quería cumplir con seriedad, pero siempre había quien quisiera chilear, bromear. Tomaban café o pinolillo y algunas compañeras, en esas noches, hasta salían embarazadas.

Pero eso no era lo que Paula anhelaba. Quería, si algún día se encontraba al hombre apropiado, casarse en ceremonia religiosa, con vestido blanco, velo y azahares...

entregarse únicamente por amor, y que los hombres la respetaran.

Y así, con toda franqueza se lo dijo al jefe cuando la quiso enamorar. Como era tan competente en la oficina, él no se disgustó, comprendió y no la despidió.

La dejó tranquila.

Además, se lo había prometido a su hermana Leticia. Leticia le había protegido cuando se les murió la mamá, le había pagado sus estudios de secretariado y no quería defraudarla.

Y aunque en la oficina le dieran tantas bromas por su seriedad, eso es lo que ella quería y soñaba. Velo, corona y anillo. ¡Ah!, y que le fueran fiel.

Para ella los hombres eran hombres y las mujeres, mujeres, aún en la revolución.

Si ya casada, algún día movilizaban a su marido, él podía estar seguro que ella no le engañaría... y esperaría lo mismo de él.

Cuántas veces la habían enamorado, querido irrespetar... se había sentido tentada a engavetar para siempre los papeles de personas así... o si eran altaneras, o llegaban a reclamar con arrogancia, pero sobre todo, si le hablaban en forma vulgar.

En alguna forma errada se sobreentendía que para ser revolucionario había que ser vulgar.

La semana siguiente Eddy llegó puntual, pero con mala suerte, el responsable estaba en una reunión... después iría a otro seminario, y ya tenía todo listo para un viaje de una semana a Cuba.

Le prometió que cuando regresara, sus papeles serían los primeros... su jefe le había recomendado que le atendiera bien, que aunque fuera un burgués, era su amigo... ¿no se acordaba?... Habían estado juntos en el Pedagógico, en primaria, y después le había visto ganar varios torneos de tenis.

Pero le recordaba que tenía que sacarle fotocopia a todas las escrituras.

La oficina la cerrarían por varios días debido al aniversario y entonces, Eddy, la invitó a almorzar.

¿Por qué no?

¿Por qué no podía ella aceptar una invitación a almorzar con un amigo del jefe, tan guapo y decente, que al parecer salía de una de las novelas de Corín Tellado?

El dolor es intermitente y comienza de nuevo a definirse, mientras en su mente tiene muy claro y fijo el punto geográfico de la laguna y el río. No debe engañarse. Tiene que establecer inmediatamente una diferencia entre la sensatez y la insensatez, para que su corazón y su cuerpo asustados no la empujen a tomar decisiones equivocadas.

Por ejemplo, es mejor esperar su regreso, serenarse; porque con uno de los caños que confunda será arrastrada a ríos desconocidos y lagunas similares. Nunca jamás alcanzaría el verdadero río, el que busca. El Kurinwás, ni la laguna grande, laguna de Perlas, porque ya desde allí podría orientarse y arribar a Gun Point o a Tasbapauni o Kakabila y con mucha suerte hasta el pueblo de Laguna de Perlas.

Ya con él ha estado en otras lagunas semejantes. Todas bellas, todas silenciosas, todas solitarias. Con el mismo murmullo de aguas desplazándose, susurros de hojas meciéndose. Flores esparcidas por el viento, flotando... oxígeno brotando de las selvas a sus orillas. Toda clase de seres vivos naciendo, multiplicándose, muriendo.

Laberintos verdes de los que no existe salida para un extraño.

Los ha visto, se asemejan a un mundo mágico, que como en un espejo, se van reflejando en sí mismos, en sus propias aguas adentrándose, profundizando, esfumándose.

Sabe, los ha recorrido ya con Cristy, que se puede llegar a lo más profundo, a lo que se cree ya el final y todavía encontrar otras lagunas y caños. Igual a un universo doble en su reflejo, hacia adentro y sin fin.

Es desde ahora su mundo porque ha escapado en una huida total. Un renunciamiento.

El amor la ha arrancado de sus paisajes de casas, volcanes, carreteras, campos de algodón; para vivir su propia historia de amor.

En donde nadie los aguarde, en el mundo de Cristy, cercano y lejano al de ella, separados ambos por una cortina de árboles y ríos.

No entran a estos lugares ni radio ni televisión y cuando vienen, las noticias ya son viejas.

Aislados. Sin caminos.

Fuera de la casa brillan miles de ojos acechándola, cientos de pantanos, laberintos verdes de selvas, de cielo... todos iguales, todos bellos.

Amenazantes, vigilantes, mortales. Esperando que ella, venida del Pacífico, cometa un solo error.

Un error.

Esperando.

Los animales para devorar su carne y los pantanos y ríos y árboles para nutrirse con los elementos orgánicos que constituyen su propia vida y la de su hijo por nacer.

No se dará por vencida, permanecerá despierta.

Si el fuego se apaga, los diversos seres que rodean la casita lo sabrán y tratarán de atacar, de penetrar.

Los enormes árboles que la circundan, si se descuida, intentarán con sus raíces y ramas invadir.

El fuego es vital, debe mantenerlo.

Humo, llamas.

Hasta que Cristy regrese descansará, dormirá.

Si ya es hora, parirá en paz.

Siente repelos, escalofríos, un calor helado recorriéndole la espalda con sólo pensar que podría convertirse, si se duerme o se descuida, en músculo de animal salvaje, en ala de ave o en verde clorofila.

Se le confunden los colores de tanto estar alerta y mirar hacia el río. El verde con luz y el verde con sombra. El azul o el lila. Si en realidad anochece o amanece.

Un error cometería si se apoltrona, debe levantarse, comer, beber algo, pensar.

Respirar.

Recordar.

Hacer el camino a la inversa en sus pensamientos... Ella no ha vivido toda su vida aquí, toda su vida. Solamente así tendrá una alternativa de encontrar la salida en los caminos de agua si el hombre no regresa.

IV

Hacía solamente unos meses que Leticia y Cristy se habían detenido en el pueblo de Laguna de Perlas a esperar a que cesara un poco la lluvia.

Fue cuando escaparon como dos jóvenes enamorados porque habían experimentado junto con la pasión, el amor, una urgente necesidad por la vida primitiva. Del verdor, de la lluvia, del aislamiento que era en estos lugares como parte del paisaje.

Hasta donde nadie pudiera alcanzarles y desde donde no pudieran regresar si no era por agua.

Loco por ella, la convenció de dejar su ciudad. En este mundo lejano de él que era en sí como una huida total, un renunciamiento.

Si la nostalgia o el arrepentimiento pasaron después detrás de los ojos de la maestra, supo muy bien guardarlo como esos vidrios que dejan pasar la luz, pero solamente la luz.

Recordó cómo la lluvia detenía estáticos al tiempo, el movimiento, los paisajes. Sin hora, sin reloj. Cuando terminara de llover. Nada más. Postal. Slide. Plomo gris, verde gris, agua gris quieta y perforada por chorros de agua que caían verticalmente de un cielo de agua a una laguna de agua.

Hasta que por la mañanita amainó la lluvia y decidieron continuar el viaje hasta Suny Lagoon.

Desde el muelle vio acercarse un bote nuevecito surcando el canal. Era una sorpresa. Su regalo nupcial.

Durante quince días lo trabajaron parejo y fino con un buen plan. Era de Cedro Macho y ya lo habían probado sacándolo al mar en donde había navegado bien. Tenía buena quilla.

Estaba labrado con amor.

El se lo enseñó lleno de orgullo y le pasó la mano como acariciándolo y con el mismo cuidado con que hubiera acariciado la piel de su mujer.

Ella no entendía de botes, pero él le explicó que estaba suficientemente calado y que tan sólo tenían un defecto, el haber quedado un poco ralito por el medio.

Subieron todas las provisiones y motetes y al comenzar a navegar la laguna, vio ella cómo el agua fue adquiriendo un color tornasolado entre celeste y rosado y con unos cuantos rayos de sol se fue convirtiendo en conchanácar, totalmente nacarada.

La superficie del agua tersa y sedosa con reflejos aperlados.

Los pescadores salían en primitivos botes con velas confeccionadas por ellos mismos de diversas telas y colores... ellos formaban parte de aquella acuarela bogando aquellas aguas que no eran ni dulces ni saladas. Deslizándose apacibles, sin prisa.

En su parte Norte la laguna se alargaba paralela y apenas separada del mar por una faja de tierra. El Océano Atlántico, el Caribe.

Toda la laguna estaba rodeada por un paisaje en equilibrio que permanecía en paz. Selvas verdes y pueblitos pequeños.

Pego-pego

Raytipura

Kakabila

Orinoco

Tasbapauni

Pueblos tendidos de una belleza incomprensible.

Sonrió al recordar su reloj porque desde entonces se convirtió en un adorno. Después de aquellos pueblitos, el mundo ya no giraba, no se regía alrededor de un reloj.

La tierra giraba sobre sí misma y tenía un movimiento de traslación alrededor del sol. Así amanecía o anochecía.

Hacía buen tiempo o llovía... y si se podía navegar se navegaba, pero si había chubascos o fuertes vientos, se esperaba un día o dos.

La energía era la del sol, del aire y las corrientes y mareas.

Navegaron la parte Norte de la Laguna de Perlas que iba siempre paralela al mar.

Hizo un esfuerzo para recordar cada detalle... Cristy no se inmutó con el viento que los empujó y quería orillarlos. No se cansaba nunca y más bien parecía disfrutar el enfrentamiento con las olas cortas y quebradas.

Y como siempre, desde entonces, el éxito del viaje, de la travesía, dependió únicamente de la pericia, de los recursos, de los fuertes brazos de aquel navegante infatigable.

Sus ojos tranquilos y llenos de viveza emanando aquel color de serenidad y de confianza. Sus oídos traduciendo el lenguaje del viento, del agua que solamente él comprendía, porque para ella era ininteligible, a pesar de que podía descifrar diccionarios y enciclopedias.

Ya desde antes lo había comparado en su mente con el protagonista de la Odisea.

Le fue señalando los puntos relevantes de la travesía. Eso, precisamente, lo que ahora hubiera sido tan importante recordar.

La entrada al canal que lleva a Tasbapauni, las señales del canal grande que unos gringos habían comenzado a construir para llegar a Puerto Cabezas. Los postes que marcaban el canal y que ella ni siquiera recordaba.

Si tan sólo supiera cómo acercarse a Gun Point, al que habían llegado por primera vez al anochecer.

Sí. En el bote se amaron bajo la lluvia, empapados, porque esperar a que dejara de llover era esperar eternamente, indefinidamente.

Fueron tímidos la primera vez. Llovía. Una cortina de agua humedecía hasta las cosas más tapadas dentro del bote.

Todos ellos mojados por la lluvia. Las manos húmedas. Las bocas. Las gotas transparentes resbalando por sus cuerpos desnudos.

Desde la arena de la orilla acariciada por translúcidas ondas, vieron juntos el primer amanecer de su nueva vida.

Juntos. Había dejado de llover a la salida del sol.

Encendieron fuego para calentar café...

V

¡Qué emoción!

Este es mi primer viaje sola en este trabajo tan bonito, tan cambiante, que Jorge, mi amigo cubano, me ha conseguido.

Me ha convencido de que soy la persona ideal, y si la compañía me acepta, nadie podrá interponerse entre el éxito y yo.

Me ha llamado varias veces por teléfono esta mañana, para recomendarme que me vista con el mayor esmero, con sumo cuidado y elegancia, dejando al natural mi cabello, mi piel... sin recargar nada.

Las personas, profesionales en esta industria, que me entrevistarán en Tampa y las que me aceptarán o no, a las que tengo que vender mi imagen, son las que manejan en la Florida una de las cadenas de cosméticos más famosas del mundo, y yo sería la demostradora en una extensa área; si consigo el visto bueno de los expertos que están reunidos en este Beauty Show.

¡Allí viene Jorge!... ¡qué tierno! Viene, estoy segura, a inspeccionarme. Quiere constatar si he seguido fielmente sus indicaciones.

Me recomendó en forma severa, con un tono distinto en la voz, que escogiera con mucha seriedad todo mi atuendo... que todo fuera fino, elegante, sin ostentación.

Me he repasado mil veces en los vidrios del aeropuerto, donde he llegado demasiado temprano.

Me chequeo de nuevo, de reojo, mientras él se acerca. Las medias son de la mejor marca. Los zapatos de legítimo cuero, finos, tacón alto, realzan mis piernas. Cartapacio ejecutivo de un cuero muy bello y del mismo color vino de la cartera, los zapatos y el delgado cinturón. Tailored suit rayadito, blusa de seda suave color amarillo mostaza. Delicados accesorios. Jorge cree que es un color que me favorece.

Los cabellos me los dejé sueltos, como él me lo recomendó. Así, resaltando al máximo el color natural con unos tenues rayitos, su vitalidad... y el maquillaje, dejando libre el tono de mi piel.

"Oye chica, te ves de maravilla. Estás perfecta", dijo... Se me realzan los pómulos, los ojos, y luzco, según él, dinámica y femenina.

No quiere que me resienta por su insistencia que se mira casi como desconfianza, pero el mundo en el que me recibirán es sumamente exigente.

Si me aceptan... ya veremos... esas personas tan sólo piensan en el negocio, no les interesan mis problemas personales ni mi status migratorio.

Me valorarán de una sola ojeada, de un solo golpe; mi figura, mi personalidad, mis atributos. Si sirven o no para demostrar los productos. Nada más.

El aerobús de Panam con destino a Tampa está próximo a despegar y él me recomienda sobre todo, que no vaya a estar pensando en Managua, porque automáticamente se me refleja en el rostro, y en una especie de desolación alrededor de mi persona.

Al darle la espalda siento sus ojos observándome de nuevo... pero rápidamente me mezclo con los demás viajeros.

Es un vuelo rapidísimo y desde al aire, cuando anuncian el aterrizaje, y al acercarnos al aeropuerto de Tampa, observo la bahía tan hermosa y no puedo dejar de pensar y compararla con Corinto o San Juan del Sur.

No, pero no. Jorge me ha suplicado casi que no piense hoy en Nicaragua... dice que la ansiedad se me refleja en el rostro como un halo y la tristeza se me pinta en la mirada y se me marca el entrecejo.

No es la impresión que debo dar en Tampa.

Por el contrario... ¡Soy feliz!... Debo pensar y convencerme de que soy feliz. ·

En el recibidor de Panam me espera un joven delegado de los organizadores del Show, y así, rápido, observo lo bonito y elegante que es el aeropuerto de Tampa.

¡Me gusta tanto! Todo alfombrado y silencioso. Elegante. Como para quedarse a descansar en él.

Me alojarán en el hotel que está unido al aeropuerto por un túnel lleno de tienditas tipo callecita de pueblo.

Ya de noche, sola en mi cama, cuando he asistido a varias demostraciones... ¡es una exhibición muy grande! Estoy cansada.

Fragancias, productos para el tratamiento del cabello, de la piel. Cosméticos en estuches... Uñas; pestañas postizas...

Ay, pero no puedo continuar evadiéndome de la promesa que le he hecho a Jorge. Caigo en la tentación.

Cómo no recordar la última vez que estuve en el aeropuerto de mi patria, cuando todavía se llamaba Las Mercedes.

Recuerdo perfectamente. No podría olvidar jamás

aquel día de julio de 79, cuando transité por última vez la carretera Norte hacia el aeropuerto.

Mi vestido como mi blusa de hoy, era color mostaza. Tenía unas jaretas al frente.

Por la carretera, a uno y otro lado humeaban las fábricas incendiadas. Se levantaban las barricadas con millones de adoquines y un triste y macabro olor a muerto emanaba de la ciudad.

¡Qué triste! Fue el último recuerdo. La imagen final de la ciudad que había aprendido a amar.

En el aeropuerto miles de personas peleaban los cupos en los aviones. Un alboroto horrible. Todos querían huir de la guerra, los combates, los bombardeos, del olor de los que morían y se descomponían o de la justicia revolucionaria que vendría.

El suegro influyente nos había conseguido todo desde Miami y mientras abordábamos un avión de hélices, de esos que viajaban a la Costa Atlántica, los aviones de la Cruz Roja fueron asaltados por Guardias Nacionales que huían y tiraban desde tierra sus pertenencias y a sus niños... apuntando con ametralladoras... en un espectáculo de pánico indescriptible.

Había llegado al aeropuerto muy elegante... qué ridícula me sentí entonces, era absurdo, cuando por primera vez una punzada de angustia, un rictus de ansiedad, un pliegue de cansancio y de miedo invadió mi vida... porque aquel viaje era como una fisura en mi mundo perfecto.

Lo que había sucedido antes y lo que comenzó a suceder después... El avión de hélices encendió los motores. Hizo maniobras de despegue y sus ruedas comenzaron a rodar y a elevarse del suelo.

Tantas cosas hay que recordar, pero sobre todas, el impulso final en la pista, cuando el piloto aceleró los motores y las ruedas y mi corazón se despegaron de Nicaragua.

Por la ventanilla vi empequeñecerse el aeropuerto, alejarse el lago de Managua... los volcanes.

No sabía que al desprenderme ese día de aquel suelo, mi corazón llevaba consigo pegado a sus raíces, como si fuera la tierra, tanto amor.

¡Ah, si hubiera sabido!, ¡sospechado siquiera!, ¡cómo me hubiera dolido aquella despedida!... la imagen celeste de aquel lago que dejaba atrás; los bellos volcanes que se empequeñecían, el verdor del zacate... y las casas... ya casi ni se veían... todo alejándose de mi ser con la distancia y la altura... De mi vida.

VI

El dolor se le ha interrumpido y en su cuerpo nada parece anunciar un parto prematuro.

En la apacible caída de la tarde todo va tomando un tono anaranjado, es una puesta de sol muy lenta.

De la espesura de la montaña comienza a brotar una bruma blanca y liviana que se va elevando lentamente. Se va condensando como una nube a medida que sube y pareciera la respiración o la transpiración de toda la selva.

Se asemeja a un vaho o vapor, o más bien a miles y diminutas gotitas pulverizadas... como si los árboles sudaran toda la humedad que absorben durante el día, y al refrescar la temperatura de toda aquella espesura, aquel verdor, la irradiaran en pequeñas nubecitas blancas.

Todas aquellas plantas y enormes árboles de grandes hojas respiran, transpiran; son seres vivientes.

Tiene miedo. Miedo a estar completamente sola y rodeada de aquella selva espesa y ya casi para cumplir los nueve meses de embarazo... y su sangre con el miedo se agita, y sus pensamientos.

Precisamente tienen todo preparado para partir a Bluefields para que ella, mujer civilizada, pueda tener al niño en un lugar donde hay médicos, farmacias, hospitales.

Desea. Necesita llegar a Bluefields. La ciudad se le clava en la mente como una obsesión: Bluefields.

Muy a pesar de él, que quiere que el niño nazca en aquellos parajes y completamente al natural.

Una llamita brilla a lo lejos y sale humo de un ranchito que hay al otro lado del agua.

La asustan varios pájaros negros y raros que se posan en las ramas de los árboles de atrás, por la carbonera. Con sus alas negras y abiertas parecieran presagiar algo funesto, trágico, triste.

Ya los pájaros marinos han regresado a sus nidos y casi todos los animales se preparan para la noche en sus nidos o en sus cuevas. ¿Qué le pasaría al hombre?

Detrás de todos los pájaros que van regresando oye los ladridos de los monos congos.

Pero seguramente antes de que se cierre la noche completamente, él regresará como regresa siempre.

Verá aparecer la silueta en el cayuco, su gorra azul siempre mojada, las botas de hule, el perro negro, flaco y mojado, su pasajero y acompañante eterno.

Regresará y preparará el viaje hacia Bluefields. Ella lo sabe.

Vendrá deslizándose sobre el agua, silenciosamente, sigilosamente, con la misma seguridad en su mirada franca.

Como cuando hicieron el viaje por primera vez con el grupo de alfabetizadores. La canoa impulsada por remos y corrientes. El tiempo detenido. Las distancias inexistentes.

Como si la vida y la muerte no tuvieran ahí su verdadero significado y todo estuviera   suspendido sobre las aguas serenas, y como si aquel hombre, este su hombre, fuera el ser etéreo que se encargara de ubicar las almas en el cielo, sin prisa y para siempre   jamás.

Por primera vez navegó en cayuco y en los ríos, y sintió el vaivén del bote sobre el agua que le produjo un mareo.

Le pareció tan largo ese primer viaje, que ella y los otros compañeros pensaron que no tenían esperanzas de llegar a ningún lugar y empezaron a desear un sitio aunque fuera inexistente.

No vuelve.

Una noche más ha transcurrido y la obscuridad se ha ido diluyendo.

Cae agotada durmiéndose un rato y cuando despierta, ya la luz del sol ilumina todo en una explosión verde y traslúcida.

Como para una clase de ciencias.

"Fotosíntesis es un proceso químico propio de las plantas verdes con clorofila, por medio de la cual, en presencia de la luz solar...

La luz solar llegando desde el sol en forma de radiaciones ondulatorias transformadas en pequeños paquetes de energía llamados fotones. La Energía Luminosa".

Abrió los ojos completamente. Ya lo que siente es pánico.

Ha transcurrido otra noche.

El jamás la ha dejado sola tanto tiempo... Además, el viaje que tienen preparado.

Al mediodía el agua de la laguna comenzó inesperadamente a rebelarse, a darse y darse golpes cortos en los bordes y vio que era el viento el que la agitaba y que el agua se revolvía en forma desesperada.

Su alma comenzó también a darse en los bordes de su interior, de sus huesos, de su piel.

Las nubes, cumulonimbos, comenzaron a remolinearse extrañamente. Grises. Presagiando una fuerte tormenta.

Ya la ciudad de Bluefields no es más que un punto geográfico en su pensamiento, porque si comienza a llover con la fuerza que llueve aquí, los ríos se crecerán, se saldrán de sus cauces y ella nunca podrá arribar a su muelle sintiéndose segura para parir en paz.

Llueve.

Desde su frágil vivienda, Leticia escucha la lluvia, la tormenta.

Todo es tan frágil. La vivienda. Los dos botecitos o "dories". Ella misma. Maestra venida del Pacífico sin conocer el lenguaje de aquellas aguas.

¡Nunca logrará descifrarlo! Es inútil todo esfuerzo. ¡Y si las corrientes subiendo llegan hasta la casita!... ¡Cómo se va llenando todo de agua! El borde de la laguna. Los senderos. La carbonera.

Los árboles chorreando agua, el cielo abierto. Del alero de palma caen gotas de lluvia.

La cortina de lluvia cubre todo el contorno.

Agua que ya no es transparente y celestial sino que se ha ido tornando obscura y densa. Grandes charcos.

Todo quieto entre los animales. Tan sólo escucha ahora el golpe seco de la laguna dándose en la orilla. Es un ruido continuo, agotador.

Recuerda y revive el momento en que decidió venir porque...

Cuando terminó la alfabetización, ya de regreso en Managua, recordó cada amanecer y cada atardecer del Atlántico.

Sintió nostalgia. Añoranza.

Comprendió que había amado a Cristy todas y cada una de las veces que había hundido el remo en el agua.

Comenzó a sentir su presencia en las ráfagas del viento, en los cantos de los pájaros, en los susurros de los árboles.

Por las noches soñó y oyó su voz. Llamándola, cantándole canciones de amor.

En la acuarela que se quedó fija en su mente sintió su presencia. En cada ráfaga de viento... llamándola.

En las sombras que se pintaban en el suelo cuando el sol estaba alto y fuerte buscaba los jeroglíficos con sus mensajes.

Con cada vuelco que dio su corazón al recordarle sintió que se le grababa más y más y sospechó si no serían verdad los cuentos de hechizos o filtros de amor que pintaban la piel para siempre, para que la persona hechizada sintiera vergüenza y ya no quisiera dejar la Costa Atlántica... recorrió su piel pulgada a pulgada. La revisó y constató cientos de veces que estaba sana y clara.

Pero él también atravesó la cortina de árboles y ríos que los separaban y, enamorado, siguió los rastros dejados por ella sobre los caminos de agua.

Le dio alcance hasta su barrio.

Fue la tarde en que su sombra ocupó todo el dintel de la puerta. El espacio vacío por el que entraba la luz. La silueta obscura contra el fondo anaranjado del atardecer se interpuso entre el aire, la luz, y todos los elementos.

En silencio la esperó. A que se decidiera. Como sabía esperar a que dejara de llover y a que los ríos volvieran a sus cauces normales.

Con paciencia. A pesar de que no le gustó la ciudad ni los volcanes azules. Le dio claustrofobia la casa limitada por paredes, aceras y calles. Se sintió acosado y un sentimiento de presión, sofocación, se apoderó de su cuerpo porque no podía limitarlo con las paredes de una habitación; con los edificios. Lo aplastaban y quiso liberarse huyendo de allí.

Ella no pudo dormir todas aquellas noches mientras él esperaba su decisión y pensaba: "si lo dejo marcharse, por siempre mi corazón me reclamará; me atormentará durante todo el tiempo que falta para que mi cuerpo se marchite... y la soledad. No puedo calmar mi cuerpo que me urge, me suplica secretamente, misteriosamente... ¡Ah!, como pájaros locos revolotean mis urgencias, mis deseos.

Quiero ser amada por él.

Si le dejo ir, no encontraré sosiego ni paz. Por meses, por años, sentiré la añoranza de estar a su lado, de su cuerpo viril, de los latidos del corazón masculino acompañándome con cada uno de sus sístoles y diástoles... ¡cómo necesito su fortaleza fiel y primitiva! Si le digo que no, mi ciudad me envolverá en su rutina... e iré envejeciendo mientras sigo enseñando en las escuelas... permaneceré siempre virgen.

Por las tardes me sentaré a la puerta de mi casa, veré las puestas de sol, el pasar de la gente, y la declinación de mi vida.

Cientos de tardes.

Asomándome al patio o a la calle sabré que ya es invierno o verano, que a veces caen grandes aguaceros.

En los reflejos de los charcos veré las nubes y el cielo. Oiré caer los chorros de agua desde cada alero y en cada una de las gotas traslúcidas de lluvia, encontraré su recuerdo".

Entonces, aunque su mente le razonó que ella no podría nunca habituarse al mundo de él, aunque los parientes y amigos trataron de detenerla. Aunque Paula lloró...

Fue insensata y le siguió.

VII

Desde que eran huérfanas las dos hermanas permanecían muy unidas y se habían prometido hacer lo posible por no cometer tonterías. Sobre todo después del triunfo, cuando Paula regresó sana y salva de la clandestinidad.

Ahora Leticia se había regresado inesperadamente a la Costa Atlántica y Paula se había quedado sola con una tía que era completamente sorda.

Cuando Eddy iba y volvía de sus viajes a Miami, el fólder con sus asuntos iba y volvía de una oficina a otra, mientras Paula le aceptaba paseos e invitaciones a almorzar.

Los sábados por la tarde iban a Jiloá y era entonces cuando los atractivos de Eddy funcionaban al máximo.

Sus modales, sus costumbres, su lenguaje.

Entre plática y plática él insistía en que contaba con ella, con su ayuda para que todo su asunto se resolviera favorablemente... porque en cuanto se lo resolvieran y le devolvieran las casas y las tierras, regresaría definitivamente al país.

Trabajaría sembrando en las fincas, reponiendo el ganado... el algodón, la caña, el café...

Siempre le deslizaba como por no dejar, en la conversación, el asunto de sus papeles... como si al resolverse el asunto la relación entre ellos sería mayor.

Y Paula, tan seria, como cualquier otra mujer fue poco a poco siendo seducida.

Ella, la muchacha que había renunciado a muchas cosas por la causa... la que soñaba con una relación permanente... con velo, corona y azahares... la que criticaba tanto a la burguesía.

Se sintió halagada y fue enredándose más y más en aquella encrucijada, resbalando hacia aquel momento en que él la aguardaba...

Llegaría por su propia voluntad, ansiosa, anhelante, a caer en la trampa que él le había tendido.

Por las noches Paula se sentía apremiada por la urgencia de ayudar a Eddy con sus papeles, de hacerle el favor.

Y así, cómo no iba ella a enamorarse de él... ¡tan bello!, ¡tan tierno!... llevándola y trayéndola en su automóvil... cuando todo el resto de la ciudad tenía problemas con el transporte.

Se sentía como en una carroza, y él era para ella como el príncipe rubio y soñado.

Después de todo, cualquier muchacha se hubiera sentido halagada con tantas finezas.

Sintiéndose feliz. Amada. Necesitada. Se ausentaba por semanas... pero volvía... Al regresar de uno de sus viajes, Paula le aceptó un paseo para todo el fin de semana a Pochomil... y allí, el mar... los colores brillantes del cielo, las olas, el horizonte, la increíble puesta de sol, el agua salada...

El amor.

El clima y la brisa con olor marino... algas, sal, iodo.

El sol ocultándose en un último resplandor verde y brillante, intenso. Una explosión... como había llegado a explotar dentro del corazón de Paula, la pasión.

El cuerpo de Eddy olía a jabones, desodorantes y colonias finas.

De su piel blanca, de su valija importada, de su maletín con artículos para rasurarse, de cada cosa de él emanaba un perfume cautivante.

Olores a prosperidad, lujo, derroche. A países lejanos y desconocidos. Seguramente bellos.

Aromas que estaban acordes con su personalidad, la ropa que usaba. Con los cuentos de ese mundo irreal, para ella, que él le describía. Fabuloso. Como de otro planeta. Poderoso.

Ya de regreso en Managua, de nuevo en su rutina, Paula se preguntaba una y otra vez cómo, por qué... de él, un burgués, con ideas totalmente opuestas a las de ella, ciento ochenta grados.

Lloró y sufrió un shock emocional, un arrepentimiento... no debía ser así, era como traicionar a los héroes y mártires de la revolución que tanto admiraba, con quienes luchó y sufrió.

Era como defraudar a Leticia.

Y en la autocrítica se preguntaba qué, en él, la había atraído tanto, seducido... si era algo simplemente biológico o si era a causa de su juventud solitaria, ardiente y ahora enamorada.

Su vida toda, encasillada en una promesa. Sacrificios y renunciamiento. Como una represa a su vitalidad, a su ansiedad en busca de cambio.

No habían existido en la adolescencia de Paula vestidos de colores alegres, hechuras coquetas, y ahora tan sólo aquel uniforme de tela áspera y de un solo color, verde olivo.

Ni perfumes exóticos. Había permanecido rodeada de los peligros de la clandestinidad, de los olores tristes de las casas de seguridad primero, y después, ahora de las confiscadas.

Sus únicas salidas durante muchos meses habían sido al correo para enviarle a Leticia cartas y paquetes hasta donde estaba alfabetizando.

Era como si al quedarse huérfana e integrarse a la clandestinidad, hubiese envejecido por dentro para siempre... hasta que apareció Eddy, a tramitar sus papeles, cuando le sonrió y llamó "señorita", con aquella su mirada luminosa, colmada, propia de los que son y han sido felices.

Se le había acercado después y la había rodeado con el halo exótico de sus perfumes... halo que ahora, al regresar de Pochomil, se había quedado adherido a su persona.

Junto a su cuerpo, torturándola, haciéndola recordar con cada inhalación, con cada latido de su corazón... ¡ay!, y cómo se le aceleraban los latidos con el recuerdo.

Pegado a ella aquel perfume y trayéndole la percepción desconocida de ese mundo lejano a donde él iba y volvía, emergía... ajeno a ella, a Nicaragua.

Mundo que existía paralelo, a siglos de distancia y que, sin conocerlo, ella ahora tal vez ansiaba, allá en lo más secreto, en lo más profundo de su corazón revolucionario.

Lloró.

Se juró a sí misma tramitar de una vez por todas sus papeles y no volver a aceptar nada, jamás.

Al abrir el regalo que él le había entregado al dejarla en la puerta de su casa, se había abochornado, había experimentado una humillante sensación... como si todo aquello que había llevado a cabo por amor... se llamara simplemente para él, una compra, un negocio, un trueque.

El se iría pronto, de nuevo, y ojalá nunca volviera a inquietarla...

Abrió el paquete. Era un estuche que contenía crema, talco, jabón, perfume... y sobre el estuche: "para la más bella de las compas".

Se quedó dormida suspirando y pensando en Leticia...
ah, si ella supiera... si volviera pronto...

Otra vez las punzadas. El dolor le recordó que tenía
que buscar ayuda.

Fugazmente se le vino a la mente la imagen decidida
y fuerte de Paula. Su hermanita.

¡Ah, si pudiera llegar hasta donde su amigo de Kakabila! ¿Cómo romper todas estas barreras naturales que la
separan de todos los demás hombres, los de su especie?
¿Qué elegir? Quedarse esperando a que Cristy regrese, quizás los dolores sean de nervios, no signifiquen nada, o tratar
de subir a uno de los botes, soltarlo y remar hasta el caño
Sunie, alcanzar la desembocadura del Kurinwas y llegar hasta el poblado más próximo.

Cruzar al ranchito del otro lado es casi imposible, tendría el viento en contra y las pequeñas olas cortas y seguidas, las corrientes encontradas se lo impedirían.

Sería insensato. Se expondría a un naufragio.

Debe rezar. Confiar en Dios para que la ayude a elegir. Quedarse o tratar de abordar uno de los dories medio
rotos. ¿Pero cómo podría con la tormenta subir al dory?

Es difícil, tendría que soltarlo del muelle, impedir
que el viento lo empujara y lo encallara o lo estrellara contra la orilla... evadir las olas cortas, seguidas y enderezas la
proa hacia la dirección correcta. Remar.

Remar con todas sus energías... llevar un remo de
timón y achicar el fondo del bote. Seguramente se llenaría
de agua de lluvia y de las olas.

Su instinto de hembra a punto de parir en estos
momentos podría salvarla.

Comienza un nuevo día. Allá al Este ve resplandecer
levemente el sol a través de las nubes negras.

El día podría mejorar el tiempo o empeorarlo. Si dejara de soplar el viento, el agua se calmaría, ya no habría más olas y todo le sería mucho más fácil... podría incluso ver la otra orilla, orientarse y no perder la dirección exacta.

VIII

En este avión de regreso a Miami y durante el viaje, siento que me alejo de mi presente.

Vuelvo triunfante.

Me han contratado. Ahora tengo al alcance de mi mano muchas oportunidades. Dependiendo de mí.

Y de mi audacia.

Los viajes, los aeropuertos modernos, los hoteles de lujo.

Y la embriaguez que experimento cada vez que entro a estas tiendas saturadas con los finos olores de la casa que me ha contratado. Los olores son representativos del mundo lujoso al que he entrado.

Experimento una especie de pecado capital y no puedo saber si es soberbia, lujuria o avaricia.

Soberbia porque he triunfado. Quizás un poco de lujuria porque al aspirar por mi sentido del olfato todo ese mundo de los cosméticos, siento un despertar, una sensualidad creciente en todos mis restantes sentidos... y avaricia, porque, no sé, me siento egoísta sola en la cúspide, sin compartir con nadie y una sensación de no querer compartirlo, de no gastarlo.

Es extraño, pero no quiero decírselo a nadie. Ni ver a nadie. Ni a mis suegros, ni a Jorge.

Quiero permanecer así sola, y meditar; en donde nadie me alcance.

Eddy se encuentra en Nicaragua y no sabe... que me he atrevido a ir a Tampa sola... que he sido promovida de simple vendedora, a demostradora en una extensa área, de una gran cadena famosa, triunfante.

Aterrizamos.

Rodeada de todos los demás pasajeros que han viajado conmigo y que se bajan junto a mí, llenos de prisa, experimento una sensación de completa soledad.

Al reclamar mi equipaje veo surgir y rodar en la banda mi inocente maletín de cuero, estilo europeo, y que Eddy me compró en León, una navidad antes de la guerra.

El automóvil arranca a la primera. Salgo del estacionamiento y del área del aeropuerto y me dirijo hacia la 95.

La aguja del combustible marca que está lleno y entonces, tomo al Norte. Sigo Norte pero sin rumbo... sin saber lo que quiero, solamente a meditar.

Cómo, cuando fue que Eddy y yo comenzamos a distanciarnos...

Quizás, a lo mejor, todo comenzó entonces... la revolución en Nicaragua había triunfado, el nuevo gobierno comenzó a tomar medidas, a lanzar decretos. Mi suegro perdió totalmente control de lo que sucedía allá. Las casas y haciendas de la familia fueron confiscadas, al parecer injustamente, indiscriminadamente.

En un cónclave de familia se llegó a la conclusión de que alguien tenía que regresar y reclamar de acuerdo a las nuevas leyes... todos votaron por Eddy.

Era el más joven. Estudiante, gran deportista... sin color político... sí, el más apropiado. Tan sólo poseía trofeos y medallas de torneos que en Nicaragua y en Centroamérica había ganado.

Quise que me incluyeran en el viaje... nunca nos habíamos separado... quería ver a mi mamá que estaba en Estelí y de quien ni siquiera me había despedido... pero todos, todos al unísono dijeron que era una locura.

Que no se sabía cómo Eddy iba a ser recibido... si lo pondrían a lo mejor preso... o qué se yo.

Teníamos que separarnos por primera vez.

Eddy afligido, nervioso, y al mismo tiempo alegre, se fue en su primer viaje.

Cuando le fui a dejar al aeropuerto de Miami tuve una punzada aguda de aflicción, casi una corazonada.

Aquella barrera que él estaba cruzando se interpondría poco a poco entre nosotros.

Al regreso del aeropuerto me encerré en el baño y permanecí allí durante varias horas... agazapada, asustada... como abandonada.

¡Qué miedo tuve ese día! Por Eddy, por mí.

Estaba sola en aquella ciudad desconocida... ajena entonces para mí; sin saber manejar, sin hablar inglés...

Eddy nos llamó, a los días, por teléfono... Se oía feliz. Le había ido mucho mejor de lo que todos habían creído... no, que no me preocupara... que mi mamá estaba muy bien... él estaba regresando de Estelí y que ella me mandaba a decir que me quedara tranquila en Miami... que aprendiera inglés, que aprovechara el tiempo y la oportunidad... que él me amaba y estaría de regreso para el fin de semana en el vuelo de Aeronica.

Y regresó.

Por la noche lloramos de alegría... nos abrazamos... le agradecí a María Santísima, que me lo hubiera traído de vuelta sano y salvo, y le prometí a la virgen muchas cosas...

Me restregué en su cuerpo toda la noche. Al juntarme a su piel, me parecía que me restregaba en la piel de Nicaragua... en su zacate verde... que me revolcaba en su arena... me zambullía en sus aguas... porque sentía en su pelo, en su ropa, en cada pliegue de su cuerpo... el olor inconfundible de mi patria... de océano a océano...

De su valija fue emergiendo el aroma de queso ahumado, el pinolillo, de las cajetas que mamá me mandaba...

Su ropa había sido lavada con jabón Marfil, yo me la pasaba por la nariz... para aspirar el olor del agua, del aire... del sol.

Ya para entonces habíamos comprendido que la revolución era un asunto serio, largo... y la suegra, había dispuesto que nadie tuviera más nostalgia, que no se hablara más de regresar... que nadie comentara... para que cada quien pudiera rehacer su vida.

Pero no desistían del reclamo de las tierras... volvieron a planear otro viaje... yo era víctima de la soledad y del silencio que se me había impuesto.

De aquellas noches de amor inspiradas con el aroma lejano y natal... yo había quedado embarazada y todos estaban felices, menos yo... porque era obvio que en mi estado un poco delicado no podía viajar. Volver.

Así sucesivamente, viaje tras viaje... los achaques... anorexia nerviosa, inquietud.

IX

Cuando comenzó la alfabetización y llegaron al muelle, el guía miskito encargado de transportar al grupo de alfabetizadores del que ella formaba parte se les presentó: "Me llamo Cristy" les dijo, orgulloso de su viejo bote al que llamó con un nombre totalmente desconocido para ellos, "Mi cayuco", y al que les explicó, se le podía adaptar un motor.

Fue al inicio de la campaña. Ya sentada en el cayuco presintió que su vida había tomado un giro inesperado y repentino.

El bote comenzó a moverse. Los alfabetizadores a navegar y por las orillas comenzaron a desfilar las verdes montañas que ella siempre había soñado conocer. Eran como una muralla sellada de árboles, helechos, bejucos y palmeras.

Tuvo la oportunidad de ver con sus propios ojos la parte de la Geografía que se le mostraba tan misteriosa en el mapa.

El guía le quedó de frente. Era encargado del transporte y del apoyo logístico. El que sabía. Hablaba tres idiomas: inglés, español y miskito.

Conocía el lugar en donde quedarían ubicados los alfabetizadores. Era un experto para guiar, cazar, navegar. Conocía como la palma de su mano todos los ríos, caños y lagunas.

Desde ese primer día observó que era un hombre tranquilo. Fuerte. Un hombre construido para bogar, remar, al parecer eternamente por aquellos largos ríos, inmensos, sin fin.

Tenía un cuerpo vigoroso y mientras guiaba el bote, transmitía inconscientemente confianza.

Fueron alejándose y adentrándose en un mundo mágico y reflejado en sí mismo como en un espejo que era el agua.

A un mundo que se asemeja a los principios de la creación.

Navegaron horas tras horas, aguas tras aguas. Y en las orillas, aquellas paredes de vegetación aparentemente calladas y sombrías.

El azul del cielo no fue una referencia, porque llevaba la misma sinuosidad del río y se reflejaba en el agua.

Pero aquel río, como los otros ríos que fueron encontrando, que se entrecruzaban entre sí, eran como los caminos que seguramente van al cielo, sin tiempo, y así, se asemejan a lo que es la eternidad... y ahora cómo atreverse a recorrerlos en sentido contrario, sola, sin esperanzas.

Debe tener la certeza de que él regresará.

De un momento a otro le verá acercarse y él, a su vez, verá la casita con sus árboles al fondo. El muellecito; los perros, a ella. Todo reflejado en el agua de la laguna que transforma la realidad en algo mágico.

El jamás se aleja tanto, ni para pescar, ni para cazar o buscar madera.

Si tiene que ir lejos, la lleva en el cayuco. Más en estos días con su embarazo. Con los días que tenían contados para trasladarse a Bluefields. Sí, incluso ya tiene preparados todos los motetes.

Ella le había suplicado que la llevara allí y él había accedido.

Sus pupilas se cansan y se secan ante el paisaje vacío. Vacío el río. Vacío el mundo.

Todo sumido en un silencio total, sombrío. En angustiosa soledad.

Siente claramente cómo la tierra gira inútilmente y el sol alumbra sin ningún propósito. Para ella ya ni la fotosíntesis se lleva a cabo. La fase iluminada, la fase obscura y entre las fases más bien pareciera todo envuelto en una triste obscuridad.

Su corazón sin sosiego. Su alma aterrorizada. Debe intentar revivir cuanto antes el fuego, unas llamas grandes, un espeso humo.

Buscar agua y beberla, calmar su sed. Un poco de arroz, o tortilla y calmar el hambre.

Mover un pie, después el otro.

Levantarse y salir, que todo lo que la rodea, incluyendo los pájaros negros que han venido a posarse sobre el árbol, sepan que está viva.

Su corazón le dio un vuelco. Se estremeció y su mirada siguió a los perros que se movieron, ágiles, pero sin ladrar.

Entonces le vio.

Allí estaba su silueta acercándose por el camino que venía de la carbonera... consumido, envejecido, como si se estuviera muriendo o algo terrible le estuviera sucediendo.

Venía desgajándose como los árboles de las orillas del agua cuando se caen y se van muriendo de la misma forma, similares... empujados por otros árboles que sustituyen inmediatamente al que va cayendo.

Nadie es insustituible en la montaña, nada... y quién sabe por qué pensaba en esto mientras no encontraba qué hacer, y él, así, casi derribado surgía entre las sombras...

El hombre se tronchó de viaje, se desplomó, se convulsionó al llegar, de dolor.

Viene herido. Un sábalo descomunal saltó por sobre el cayuco golpeándole con la dura mandíbula en el hombro, haciéndole una gran herida y volcando el bote con todo y lo que llevaba.

Cayó pesadamente.

Su amado. El ser por quien había abandonado su pueblo en el Pacífico, al que ha seguido por aquellas lejanas, húmedas y desconocidas regiones del Atlántico.

Su Odiseo. Por quien ha aprendido un nuevo lenguaje de aguas, de ríos, de árboles y animales.

El que sabe navegar con remos, con vela, o con motor... se ha desmadejado. No puede levantarse. Quiere moverle, llevarle adentro... Imposible. Pesa. Es demasiado enorme.

Ellos impotentes.

Una noche obscura y sin fin. Negra. Tétrica.

Son tan frágiles.

Se aproxima otra tormenta.

En unos cuantos minutos él podría morir.

Se estaba escapando, huyendo por un hilito de sangre que manaba de su hombro. Incontenible. Un hilito de sangre rojo y tibio.

Se iba dulcemente.

En una debilidad extrema se había posado, yacía, y era como que se despedía de todos los parajes que amaba... de todos sus recuerdos... sus ojos quedaron sin expresión...

como si no reflejaran nada sus retinas... como si se hubiera
producido un cortocircuito y al cerebro se le hubiera borra-
do la imagen y el sonido. Ya nada en la pantalla...

Sin quejidos.

Si aquel hombre moría, ella y su hijo por nacer quedarían por siempre atrapados... y pronto le acompañarían.

Llovería y a lo mejor nunca más amanecería.

¡Qué miedo! Oyó el rugido de animales salvajes, desconocidos, no sospechados. Se los imaginó... Oliendo.
Oliendo el olor de la pareja humana en desgracia. La sangre.
El cuerpo inerte. Oyó a los árboles moverse, avanzar en medio de la noche, sí, los troncos crujiendo, las hojas susurran-
do y continuamente, por dentro, germinando o muriendo.

Estaban totalmente rodeados por todos aquellos seres
diversos que vivían, se escondían en cada pliegue húmedo
de la región. Seres que volaban, se arrastraban, brincaban.

Parejas en continuos ayuntamientos por medio de
ritos inventados por sus instintos... sin inmutarse, mientras
Cristy moría.

Ni su corazón ni su cuerpo podían descargar todo el
dolor como se iban descargando las pesadas nubes con la
lluvia.

Pero ella, aunque fuera allí solamente una maestra,
no debía permitir que Cristy muriera sin hacer todo lo imposible por impedirlo.

Era de suma urgencia recordar todos los panfletos
de primeros auxilios que había tenido alguna vez en sus
manos. Todos los diccionarios, enciclopedias y cartillas del
mundo.

No podía permitir que aquel ser lleno de vida, expo-
nente de su raza, amante de las selvas, del agua, fuera des-
truido por el muro completamente infranqueable que él
mismo había levantado entre los hombres y él. Separado a
propósito de sus semejantes por aquella cortina de árboles
y ríos. Aislados ambos.

Nadie podía alcanzarles y ella no podía regresar por su cuenta.

Era un muro que ni el amor, ni la ternura, ni siquiera el odio podían penetrar. Aislados, como él quería que vivieran.

El sol comenzó a enviar apenas unos rayos luminosos a través de la humedad dejada por la lluvia.

Su luz tiñó de nácar las aguas ya tranquilas que devolvían al cielo, nítidamente, sus luminosos colores... como tantos otros amaneceres que habían presenciado juntos, sólo que en éste, el viento pasaba entre los árboles inútilmente y los cantos de los pájaros se desperdiciaban.

Cristy recobró el conocimiento y comenzó a quejarse.

Los perros flacos, mojados y tristes, presentían la desgracia. El negro se sentó sobre sus patas traseras y fiel, sin descansar, sin comer, hacía guardia al lado de su amo.

Leticia, como libélula, corría de un lado a otro de la casa, donde yacía Cristy.

El la llamó, le habló y ella no tuvo palabras para consolarle, porque, ¿qué se le puede decir a la persona amada que está muriendo y en tales circunstancias? ¿Qué?

Debía actuar. Si él lograba incorporarse, conseguirían entre los dos llegar a uno de los dories, se subirían, él le daría instrucciones precisas para cruzar la laguna, y llegar hasta donde vivían los vecinos más cercanos.

La hemorragia en el hombro se detuvo. El hilito de sangre se coaguló.

Pidió agua y, con la ayuda de ella, se incorporó... comenzaron ambos a arrastrarse hasta la orilla del agua.

Supo que podría subirle. Ah, si lo lograban... comprendió que sería capaz de remar hasta el fin del mundo. No existiría el cansancio para frenar su desesperación. Aunque al final muriera exhausta...

Pero entonces, con el gran esfuerzo que hacía para soportarle a él, sintió como si algo le estallaba o se le rompía dentro de las entrañas y un líquido tibio y transparente le corrió sin dique por las piernas.

Los dolores comenzaron a troncharla definitivamente. Gritó, y su grito no era más que uno de tantos en la selva.

Precisamente, lo que más temía... que su niño naciera en medio de aquella selva, de aquella soledad, en donde tantos microbios acechaban.

De uno de los motetes sacó las toallas y unas sábanas. Temblando, sudando, totalmente desamparada como la más primitiva de las mujeres... y su grito fue solamente un aullido más y se perdió en medio de la inmensidad de todo aquel verdor.

Cristy logró incorporarse.

Los pájaros negros cerraron las alas y después revolotearon. El olor a sangre fresca, del parto, atrajo a los animales hambrientos, feroces.

Sigilosos. Rugiendo. Maullando quedo... aguardaban en los alrededores.

Ellos, solos, como solos deben de haber estado nuestros primeros padres en las mismas circunstancias.

Cristy consiguió subir hasta la casa y alcanzó una de las escopetas.

Disparó varias veces para espantar a los animales que acechaban. Se apostó pálido y decidido a defender a su hembra y su cachorro que nacía, respiraba, lloraba.

Disparaba como una alternativa. La otra era el fuego. Hacer una fogata. Pero entonces podría poner en peligro la seguridad de su rancho y con ella, la de los tres.

Estaban agotados. Leticia aferraba el bulto del recién nacido que continuaba llorando.

Casi al ponerse el sol oyeron que alguien gritaba que no dispararan. Se acercaba navegando el vecino.

Al quinto mes de embarazo aborté.

Durante cuatro días me debatí mortalmente en una sala muy bonita del Hospital Cedars of Lebanon... me defendía de una infección terrible que se me había desatado... rodeada de flores que los amigos de los suegros habían enviado... y que no provocaban en mí, aquellas flores demasiado bellas... ninguna alegría.

Sumida en la más profunda de las angustias, del dolor, perdí a una criatura, que era tan pequeña, tan desvalida... que no tuvo fuerzas suficientes para resistir, para aferrarse a la vida... varón.

Mientras mi cuerpo se retorcía del dolor que me producía su pérdida... mis entrañas se revolvían sangrando... sangrando mi corazón, sangrando mis ojos rojos y ardientes porque ya casi que no eran lágrimas las que manaban de ellos...

Cuando apenas mejoraba. Me pasaron una llamada de Eddy. ¡Dios mío! Bien vienes mal si vienes solo. Presentí en el tono de su voz que no solamente quería saber cómo seguía. Mi mamá, repentinamente, de un ataque al corazón había muerto.

Una completa desolación me invadió. Un pesar profundo.

Yo, su única hija, no había podido cerrarle los párpados sobre sus ojos dormidos para siempre... ni lavado por última vez su cuerpo... ni mis lágrimas habían humedecido su rostro tan amado. Ni la había vestido con su hábito de franciscana que tanto me había recomendado... aquel hábito que cubriría sus restos en el viaje eterno... que le daría calor a sus huesos por los siglos de los siglos.

Su cuerpo había sido colocado en su ataúd por manos de parientes y amigos que la apreciaban... pero no eran las manos mías.

Los vecinos habían organizado su vela... En Nicaragua nadie muere solo... y generosamente habían contribuido con pan dulce y café negro...

Por las calles, los extraños se santiguarían al ver pasar el cortejo fúnebre y le dirían su último adiós en aquel viaje final.

Yo no había estado allí para rezarle una oración en su misa de cuerpo presente... antes de que sus restos fueran depositados en la fosa familiar, en donde, ya no la alcanzaría nunca jamás ni el dolor, ni el sufrimiento, ni la soledad... pero tampoco mi amor, mis cuidados ni mis besos.

No presidiría sus nueve días, ni recibiría las condolencias de parientes y amigos como último tributo a su recuerdo.

¡Ay, madre!, todavía siento la misma desolación, la desesperación... la negra oscuridad que me cubrió esos días al enterarme de tu inesperada muerte... y me pesa más que nada el pensamiento de que si algún día regreso a Estelí, ya nada para mí tendrá el mismo significado, no encerrarán las cosas los mismos conceptos... porque te extraño y te extrañaré por siempre desde este exilio injusto y equivocado... por no haber sido valiente y haber regresado a tiempo, a tu lado... yo, tu única hija.

Hubiera querido quedarme así, en el hospital, como en el Limbo, para el resto de mi vida. No quería volver a aquella casa de mis suegros que, a pesar de ser pródiga, y que era lo único que tenía, no era mía.

Sin alternativa volví. Y me atendieron, me mimaron... no podría ser injusta y quejarme.

Me costó mucho reponerme. La infección después del aborto me había dejado muy débil y mis condiciones psíquicas no me eran propicias.

Había perdido simultáneamente a mi madre y a mi hijo.

X

La primera vez que Paula vio la fotografía a colores de María Elena murió casi de tristeza.

Se miraba tan hermosa. Parecía una artista. El peinado, la sonrisa, el maquillaje.

Un día en que Eddy se metió a bucear en Jiloá y dejó su cartera sobre el pantalón. Encima, abierta.

Aquella mujer era casi perfecta. Cabellos castaños rojizos y tupidos, ojos zarcos, piel dorada.

Cuando por la noche Paula se observó en el espejo, comprendió que a pesar de tantos enamorados que tenía en la oficina, en la calle, y en su barrio, donde quiera que iba, no podía compararse a aquélla de la fotografía.

Eddy le había explicado que María Elena no quería regresar al país, que no le gustaba la revolución.

Paula no sabía si detestaba a María Elena por Eddy o por la revolución.

Sabía que no tenía por qué sentirse triste. María Elena estaba muy lejos, no quería regresar, le había dejado a Eddy solo. No, no podía competir.

Vivían en diversos mundos. María Elena no sabía nada de lo que realmente estaba sucediendo en el país.

Las amenazas de invasión, de ofensivas de la contrarrevolución, no hacían más que unir a los compañeros revolucionarios.

Durante toda su vida Paula había soñado con ser lo que ahora era... había dedicado todos esos años, fuera de los felices intervalos junto a Eddy, al sacrificio de lo que significaba ser honesta con la causa.

Vigilancias, desvelos, trabajos extra... la entrega casi total de su persona.

Paula había sido transferida y ascendida junto a su jefe a una nueva oficina del Ministerio del Interior.

Cuando Eddy regresaba al país la buscaba para que le viera más papeles, de él, a veces hasta de algún amigo. La invitaba a salir, le traía regalos.

Ella, aunque se había jurado no aceptarlos... caía siempre en la tentación... Eddy se resentía si no los aceptaba y a la larga su carisma la rodeaba completamente.

Paula era joven, hermosa y se asfixiaba a veces en las oficinas estatales en las casas confiscadas que cada día estaban más sucias, abandonadas, descuidadas.

El trabajo algunos días era rutinario y monótono, parecía no tener sentido, propósito.

El le ofrecía momentos alegres, placenteros, que ella intuía eran pasajeros y por lo mismo aceptaba... mientras sentía una gran contradicción entre sus instintos y sus ideas revolucionarias.

Los compañeros del ministerio comenzaron a tratarla con cierta frialdad, cuando se dieron cuenta de su íntima relación. Como si por culpa de Eddy se hubiera terminado la hermandad.

Tal vez era el precio que estaba pagando por enamorarse de un burgués y sus compañeros lo resentían.

Se alejaban de ella mientras iba cayendo, sin poder evitarlo, en aquel vértigo luminoso, delicioso, bello.

La felicidad.

Se creía amada mientras él le describía hábilmente el mundo aquel a que él tenía acceso y que en el fondo del alma ingenua de Paula, anhelaba, soñaba... como si hubiera nacido "burguesa"... como si hubiera nacido feliz.

Así, se sentía culpable por ansiar la felicidad... asirse a ella, arrancarle en el menor tiempo disponible, retazos.

La fue rodeando Eddy de aquella ropa interior tan confortable, extranjera, de material cariñoso al tacto. Blusas Pierre Cardin, bluejeans de marca... todo traído de Miami... pero sobre todo de una ilusión mucho más perfumada que los extractos que le traía en estuches lujosos... y sin darse cuenta Paula... sus pertenencias de lujo iban aumentando a la par de su remordimiento y de sus expectativas.

Su cuerpo comenzó a ensancharse vertiginosamente... los uniformes ya no le quedaban, se estiraron todo lo que daban... llegando la tensión de las costuras, el hilo, las telas... a su límite.

El jefe la mandó a llamar a su oficina, la interrogó y ella se puso a llorar... Cómo justificar aquella peligrosa relación.

El jefe la comprendió y le dio una orden para que la atendieran en sus cuidados prenatales, para que le facilitaran uniformes de falda, para que la eximieran de vigilancias, desvelos, trabajos pesados.

Los primeros aguaceros del invierno cayeron sobre Managua que se inundó como pasaba cada año. Eran un caos de lodo y agua sus by pases.

Paula hacía cola cada mañana y cada tarde esperando transporte. Los buses siempre llenos. Nadie siquiera notaba su gran barriga.

XI

En la hamaquita de trapo, de dril azul, se repinta, resalta, el diminuto y frágil bulto del cuerpecito del niño recién nacido. De tanto en tanto se despierta y ella se saca el pecho y lo amamanta.

A su entusiasmo del principio por aquella región paradisíaca, lo sustituye ahora un gran temor.

Con qué alegría había escrito en uno de los cuadernos de la alfabetización: "Cada mañana cuando salgo huelo a montaña, a ribera, al agua del río. Mientras salto del muellecito al cayuco mi corazón salta también como si fuera un pájaro alegre. Y así, cada semana, siento en mi corazón un sentimiento dulce. Cuando viene Cristy a recogerme".

"En cada viaje me acostumbro más y más a los nuevos elementos. Ya puedo hablar o reírme dentro del bote. Ya no voy tan rígida como la primera vez en el primer viaje. Me cansé de ir tan tiesa aferrada a los bordes del bote. Sí, a medida que hemos ido y venido he comenzado a entender el ritmo del bote, el agua y los remos. Ya no pongo resistencia, sino que me dejo llevar con naturalidad, siguiendo la onda o el movimiento que armoniza con el conjunto: agua, remos, viento y corriente".

Fue el único lenguaje durante todos aquellos meses en que la quilla del bote iba rompiendo el agua suavemente. Los remos hundiéndose rítmicamente... y el primitivo timón girando sigilosamente...

Fue desde entonces que comenzó a sentir algo por ese hombre del que se desprendía una completa soledad y que, según afirmaba, no tenía en ninguna parte mujer ansiosa que lo esperara.

No tan sólo algo, sino que admiración por su cuerpo fuerte y resistente, sí, a pesar de la orfandad que a veces emanaba desde adentro y que al mismo tiempo podía convertirse en un ser infantil, primitivo, ignorante y libre cuando no enfrentaba problemas que siempre podía resolver. Con esa versatilidad logró que brotara de los instintos de maestra que prevalecían en Leticia, un sentimiento cariñoso y protector.

El, que en el peligro era siempre rudo, con ella se tornaba en ciertos instantes totalmente desvalido y sumiso.

¿Por qué despertó en ella aquel deseo en enseñarle y protegerle? A él. ¿O fue su instinto de sobrevivencia en aquellos parajes? ¿Había presentido desde el comienzo que con él se encontraría a salvo y lograría enfrentar y superar todos los problemas?

Durante la campaña. Ella enseñando, cumpliendo su misión. A lo que había venido, y él, esperándola pacientemente para transportarla. Protegerla.

Cuantas veces hacía frío o llovía. Tenazmente. Juntos. Protegiéndose bajo un plástico azul mientras caían grandes chubascos y ella ya cansada, creyendo no aguantar más y al mismo tiempo sin querer darse por vencida.

Cristy encontró siempre la forma de alentarla. Remando. Tal vez amándola en silencio.

Motor por el cual ella continuó sin decaer en las tareas hasta el último día. Compañía por quien nunca se sintió sola.

Consciente de su presencia, de su silueta detrás o delante de ella.

Ni miedo. Porque aun en los fuertes aguaceros que hacían que los ríos se crecieran peligrosamente, tuvo la fortaleza de aquellos brazos acostumbrados a desafiar las aguas. Sus ojos leyendo en las corrientes, en el agua, en las nubes.

Es verdad que tuvo que hacer esfuerzos para no dejarse dominar por la ternura. Ternura que le brotó del fondo de su corazón a pesar de que él le platicó o le advirtió insconscientemente, que no quería amar a nadie que no pudiera vivir para siempre y exclusivamente en las selvas y en los ríos.

Mientras recorrió la carretera de regreso al finalizar la alfabetización, creyó dejar atrás, y para siempre, el embrujo de las verdes selvas y de las corrientes de agua. La espalda viril. Los ojos masculinos que al despedirse de ella en el muelle se ahondaron en su alma, la penetraron, como penetra cada gota de agua de lluvia cuando cae desde arriba en el agua de la laguna.

Ahora va perdiendo la fe y la confianza paulatinamente. Su instinto se agudizó desde que el niño lloró por primera vez y oyó su grito como el único sonido audible en todo el mundo. Su grito que penetró, la perforó y la alcanzó a través de todos los laberintos de su ser en el centro de sus entrañas. Desde que acercó a sus pechos su ávida boquita...

Siente desde entonces, comprende desde entonces, las dimensiones de la soledad y abandono de la región.

Los peligros que enfrentan día a día.

Su parto primitivo... quería y no podía borrar de su mente aquella espantosa pesadilla. Conociendo como conoce ella los peligros del tétano, de tantas infecciones, y tocarle a ella, precisamente a ella, dar a luz en aquellas terribles condiciones.

Como Eva. Cuando aún nada existía.

Su carne rasgándose mientras el olor fresco de su sangre tibia se iba esparciendo por toda aquella montaña... como en una alucinación.

Ahora tenía plena conciencia de aquel suceso. Aquella realidad cruel y dolorosa...

Desde que aquellos ojitos la siguen y aquellas manecitas se aferran a su cuerpo...

Los días pasan, la boquita del tierno se prende a los pezones. Sus manecitas se cierran seguras y gozosas asidas a su cabello. Insaciable, parece no llenarse nunca de aquella leche tibia y dulce.

Duerme, crece, se engorda mientras hace ruidos de saciamiento, tranquilidad... sabiéndose alimentado, protegido, amado.

Sin sospechar, no podría, todo el tormento que existe, que se está gestando detrás de aquellos pechos tersos, morenos, pródigos y ardientes.

En el fondo de su cerebro va naciendo día a día la idea de irse, de huir. De alejarse con el niño de esos parajes húmedos y sombríos.

Regresar a su mundo. Se sabe rodeaba de agua y cree no tener el valor de planteárselo a Cristy, de llevarse sola al niño.

En su rostro, antes luminoso, no se refleja ya la luz. Rostro sombrío y callado.

Sus ojos oscuros no tienen ya brillo, ni claridad, parecieran más bien irse hacia adentro, hacia la profunda y obscura pupila de un pozo sin fondo.

Quiere huir de aquel lugar paradisíaco e incomprensible.

Los días continúan aparentemente tranquilos, como si fueran únicamente el retrato de sí mismos. Difusos, dorados los colores de los atardeceres y amaneceres... alegres pájaros.

Pero sus sentimientos se van secando y en nada se parecen a la humedad del agua del río que se aleja.

¡Se aleja! ¡Cómo ha empezado a envidiar el curso del agua que se marcha!

Desea ser la pasajera de un viaje interminable. Es la obsesión de irse y llevarse al niño.

El silencio de su rostro, la profundidad de su mirada, la altivez de su cuerpo, son más elocuentes que cualquier grito agudo y penetrante que, esparciéndose por aquellos parajes primitivos, resonara, en su silencio, con mayor desesperación que los aullidos de los monos, que los graznidos de los patos salvajes.

La mirada del hombre, tan sólo ayer tan amado, la sigue sorprendida y dolida mientras va comprendiendo en el lenguaje silencioso y más que elocuente de aquel cuerpo, que algo se está muriendo, destrozando, entre ellos, segundo a segundo como las hojas que van cayendo sobre el río y son arrastradas de forma irreversible.

Todo se ha ido silenciando entre los amantes... se alejan sus ternuras, los diálogos de amor... todo silenciándose entre sus cuerpos... aunque continúen acurrucándose en la hamaca o sobre el tabanco.

La mirada del hombre comienza a seguirla en forma casi hostil y desconfiada. Encarcelándola con más firmeza que los muros infranqueables de la selva.

El niño moreno y fuerte duerme o llora indiferente mientras va creciendo con más pujanza que los árboles, con sus ojos verdosos y risueños, con sus células emanando ternura... Es un recipiente humano compuesto de cientos de genes contradictorios venidos de diferentes razas, de diversos continentes. Piel obscura y ojos verdosos.

El hombre ha sido con ella bien claro. El niño le pertenece a él, a sus selvas. Nadie le tocará ni se lo llevará lejos

Ha comenzado a referirse al niño como si solamente él lo hubiera engendrado. Su cachorro.

Sentimientos primitivos.

Su cachorro crecerá con él, le enseñará los misterios de los grandes ríos, la magia de las verdes selvas, el mensaje de cada ruido, el color la conducta el equilibrio de la vida.

Es el mundo que defiende para su hijo, no quiere que se contamine con las cosas que los hombres inventan para su propio sufrimiento.

Y comienza a sentir por Leticia un gran pesar y en su corazón comienza a levantarse un gran resentimiento, porque él sospecha que ella nunca podrá volver a ser feliz, con él.

Ni comprender que él no puede ni debe vivir en las ciudades. Que ya antes, cuando era más joven lo había intentado y desafortunadamente se había casi perdido por su afición al guaro... que las veces que vuelva al lado de otros hombres será arrastrado hasta la inconsciencia, como en un torbellino negro y sin fin. Embriagador.

Qué más puede hacer para retenerla.

Mejoró el rancho, le dio comodidades, pila de agua para que ella se bañara y lavara la ropa, una cocina. Mejoró el muelle y le construyó una enramada encima, para que Leticia no se mojara ni se asoleara. Construyó un cerco nuevo y más fuerte; para tranquilizarla, para seguridad de ella y el niño. Puso trampas para que ni animales ni hombres pudieran llegar fácilmente.

Pero ya no le cabe duda de que ella no encontrará la paz junto a él, porque la inquietud la trae consigo desde lejos y la adquirió en el lugar donde nació y creció.

XII

Cuando nuestro amor comenzó a enfriarse, aunque todavía nos queríamos y nos hacíamos el amor, era cada vez más obvio que su mente, su corazón, estaban lejos.

El permanecía la mayor parte del tiempo como ausente, indiferente.

Era en realidad como si ya no habláramos el mismo lenguaje.

Hasta entonces mi vida la había llenado él. Cuando me dejaba sola me quedaba vacía. Poco a poco y sin yo quererlo, se fue llenando de otras cosas.

Otras personas.

Mi cuerpo joven, mi corazón ardiente, mi mente, no podían permanecer vacíos indefinidamente. Eso se llama morir. Morir en vida.

A pesar del problema que me causaba su ausencia, tanta tristeza y soledad, mi corazón continuaba su ritmo vital. Mis pulmones continuaban inhalando y exhalando.

Mi sangre roja y tibia continuó irrigando mis rincones más secretos.

Lo peor, lo que más me hacía sufrir durante sus ausencias, lo que más me dolía, era la nostalgia del amor, como si yo no fuera más que una anciana a la que solamente le quedaba repasar su vida, sus recuerdos.

El cambiaba visiblemente con cada viaje. Pero también cambiaba yo.

Pudo haber sido el factor que más nos alejó.

Cuando él regresaba, volvía de cada viaje... En cierta forma la revolución le envolvía, y le influía también su lenguaje, le denunciaba, aunque él tratara de ocultarlo.

Totalmente.

Y se le salía a pesar del gran esfuerzo.

Era como si él emergiera de un siglo atrás o adelante; en todo caso diferente.

Como si al irse y cruzar los túneles o pasillos del aeropuerto cruzara el umbral del tiempo, se subiera en una máquina que lo transportaba a siglos de distancia, en el tiempo, en el espacio.

Le costaba cada vez más, dependiendo de lo que durara su ausencia, superar el shock cultural que le producía regresar a Miami.

Yo no comprendía ya muchas cosas que él me relataba... ¿Cómo comprenderlas? Y los espacios de silencio se fueron agrandando.

Hasta su olor fue cambiando. El olor de su cuerpo, su pelo.. era distinto.

Yo, en un momento de desesperación o de precipitación, de soledad... quizás empujada por los celos o por el orgullo, había tomado una decisión que me conduciría ciegamente a un acto irreversible.

A nadie le consulté, lo del asilo, lo del empleo, y por consiguiente asumí totalmente la responsabilidad.

Sin tener a quién reclamar, ni a quién quejarme...

Si Eddy me engañaba, si me había traicionado; si mi madre había muerto y sus pulmones ya no respiraban el aire de Estelí, ni sus ojos podían ver sus calles, ni su cuerpo sentir el calor o el frío; si mi niño nunca jamás vería con sus ojitos los lagos y los volcanes... ni correría sobre el zacate de mi patria, ni se llenaría sus manos con su tierra... ¡Para qué quiero yo volver, después de todo! Sin ellos tres, la vida... allá, me sería insoportable.

Y así solicité asilo político en el país.

Decidí en esa forma mi futuro, porque creía no encontrar la salida para aquel como laberinto indescifrable. No encontrar nunca una salida. Jamás desatar el nudo ciego en que se estaba convirtiendo mi vida.

Ha pasado el tiempo.

No puedo evitarlo. He ido cambiando, transformándome. En algunos aspectos para bien, en otros para mal.

Siento que me alejo del pasado vertiginosamente y que no puedo retener más a la persona que amo... que tan sólo lograría prolongar un tiempo más la relación...

He llorado, he sufrido y se me alejan también en la distancia, los olores de mi patria que han estado aquí dentro de mi pecho... archivados... así, suavemente se van desprendiendo... como quien se desprende de los objetos de la persona amada cuando muere.

Simplemente, hay que desprenderse... porque aunque uno no quiera, la persona ya no está, se ha ido. No regresará jamás.

Comprendo que en este sistema me he vuelto egoísta y fría.

Tengo que competir. Despojarme de todo romanticismo.

Y valerme por mí misma.

Nada. Ni el amor puede crecer indefinidamente sin cambiar.

Si yo hubiera seguido evadiendo la responsabilidad de

decidir de una vez por todas mi futuro, mi vida, me pasaría lo mismo que si me descuido al conducir en esas gigantescas autopistas. Moriría o me perdería para siempre.

No encontraba la calma ni la dicha como en los días que siguieron a su luna de miel.

En aquellos días Leticia no sintió miedo cuando oyó rugir los tigres. Era época de celo y rugían con sus corazones solitarios.

También oyó a los monos. Buscándose. Encontrándose.

Era época de apareamiento. Los nidos llenos de pájaros, empollando, y hasta debajo del agua los peces amándose y buscándose en silencio, en secreto, furtivamente moviéndose y llenando el agua con extraños reflejos y ondas.

El le enseñó a pescar, a remar, a cocinar con los elementos que podían encontrar.

Días enteros sumergidos dentro del agua, sacando almejas, jaibas, chacalines. Tubas o mojarras.

El agua y ellos. Ellos dentro del agua.

Y así fueron cambiando dentro de ella sus perfumes más íntimos y secretos. Porque la laguna exhalaba un olor muy especial, helado, con perfume de pepescas y arena. Río y musgo.

Y por la clase de alimentación. Mariscos o vegetales, fritos o preparados con aceite de coco.

También mientras lavaba la ropa permanecía dentro del agua que era lo suficientemente transparente para verse los pies en el fondo de arena y cieno.

Cómo se divertía viendo en los alrededores de la piedra de lavar los cardúmenes de pepescas plateadas girando a su alrededor curiosas y ariscas a la vez. Observando las hojas y las flores que pasaban flotando en la corriente.

A veces parecía incluso que se adormecía sobre el agua viendo todas las cosas que flotaban en la superficie de la corriente que iba hacia el río y que siempre llevaba tanta vida y tantas extrañas cosas.

Hubiera sido hermoso permanecer así para siempre. Como si la vida no se escurriera como se aleja el agua hacia los ríos.

En esos días Cristy planeó...

Si Leticia le tenía miedo a las serpientes o a los insectos o a los animales, él comenzaría a construir una casa nueva, un cerco, un corral.

Levantaría el palacio, o la cueva, o el nido más seguro entre todos los ríos.

Con hacha derribó árboles. En los claros sembró arroz y pititos.

Día a día. Clavó o enterró una tablita más. Nuevos palos para resistir un techo más grande... incluso ideó unos escalones enterrados para que Leticia pudiera subir sin mojarse al cayuco.

Laboriosamente picó todas las ramas hasta convertirlas en uniformes, preciosas, olorosas rajas de leña; las que después, con gran paciencia, apiló debajo del tabanco. Ordenadamente, olorosas a madera.

Pasaron aquel año los meses más secos y comenzaron las puestas de sol a mirarse brumosas y entró de lleno la época lluviosa.

Leticia creyó que tanta lluvia era un repetirse del diluvio, pero él le explicó que así era cada año, que en la costa llovía tanto que daba la sensación de que todas las cosas habían sido formadas de agua.

Protegidos dentro de la casita, vieron caer la lluvia desde arriba como desgarrándose de las nubes que cubrían de gris todo el espacio entre la tierra y el cielo.

Llovió tanto aquellos días que los pájaros permanecieron callados en los nidos. Los tigres quietos en sus guaridas. Los monos tensos y en silencio.

Tan sólo continuaron desplazándose y con cautela, calladamente, los peces en el agua. Los patos. Los perritos de agua. Los manatíes.

Se llenaron de agua los senderos, el criquet, las hojas de los árboles.

Perdió ella la noción del tiempo calendario y creyó que en todo el mundo como allí, se había detenido la civilización.

Pero no quiso perder la perspectiva y constantemente hizo esfuerzos mentales para situarse en la geografía y estar consciente, que todo aquello que parecía un sueño, existía, vivía. Todo era real. Sucedía, pero en forma paralela a otro mundo.

Leticia sabía que mientras atardecía aquí en Sunie Lagoon, en los mismos instantes aterrizaban cientos de aviones en aeropuertos de ciudades como Miami o París. Se movían gigantescos tráficos en ciudades como México o Tokio.

Cuando cesó el temporal, las sombras de las enormes nubes grises fueron arrastradas por el viento.

Emergieron ya sin gris los verdes de la vegetación y los celestes-lilas de la laguna. El azul intenso del cielo. Tonos para ser pintados por un Renoir o un Gaugin. Ellos ni siquiera los percibieron, aunque variaban los matices ya que dependían de la profundidad del agua en la que se reflejaban. Brillaban en donde les daba sol y eran mates cuando quedaban en la sombra.

Volvieron a navegar y ella era feliz.

Es verdad que se asustó con los troncos que quedaron flotando y que saltaban del agua sorpresivamente o desaparecían como si fueran gigantescos lagartos...

Pero dentro de ella había calma. Y era dichosa.

Por las tardes o por las mañanas Cristy se deslizaba serena y silenciosamente de un extremo a otro de la pequeña laguna. En una mano un remo, en la otra un señuelo.

Tan sólo se necesitaba la energía que le proporcionaba el sol, el agua y el viento.

Parecía incluso que para impulsar el bote él no hacía ningún esfuerzo. Hundía y empujaba el remo. Sin escucharse ningún ruido y quedando tan sólo una silenciosa y casi imperceptible estela sobre el agua.

A ella le dieron, después de tantas lluvias, fiebres palúdicas y él la llevó ardiendo de fiebre a que la viera su amigo, el curandero de Kakabila.

El curandero le dio unas cáscaras bien amargas, la llevó a sumergirse a una poza de purificación, y les anunció que la semilla había sido fertilizada.

Quedaron embriagados de felicidad y, con las semanas, el vientre de la hembra comenzó a hincharse y él a sentir una ternura fiera y ancestral, posesiva. Sobre la mujer y su vientre, en donde solamente él había penetrado.

XIII

Los papeles de Eddy fueron tramitados en su ausencia. Mientras tanto el embarazo de Paula llegó a su término.

La niña nació con la piel blanca y fina, el pelito castaño rojizo y después, cuando abrió bien los ojitos, todos notaron que eran zarcos.

Más se parecía a la foto de María Elena que a la propia imagen de Paula con su piel morena aceituna.

Eddy pasó muchos meses sin regresar a Managua. Paula comenzó a sospechar que se estaba evadiendo y en la oficina, las compañeras comenzaron a aconsejarle que le demandara en Bienestar Social... que fuera a Migración para que en el caso de que regresara, no le dejaran salir hasta que cumpliera con sus obligaciones, asumiera la responsabilidad. Ellas estarían de su parte.

Las compañeras no podían comprender. No se trataba solamente de la parte material... Había algo más que Paula esperaba.

Hubiera sido mejor que su hija fuera de uno de sus compañeros de trabajo, sí, alguien que sintiera algo por la chavala, que la apoyara... uno de esos a quienes Eddy menospreciaba, a los que llamaba trompudos, compas, bigotudos, etc.,... seguro que uno de esos tendría más sentimientos que él.

Al fin volvió. Le pidió perdón por haberla dejado sola y sin respaldo económico... es que allá... muchas cosas se le habían complicado.

Le abrió una cuenta de ahorro a nombre de la niña y de ella y le depositó una buena cantidad de córdobas para respaldar todos los gastos.

No demostró mucha curiosidad, siquiera, por conocer a la tierna, ni amor. Cuando se la llevó a enseñar, no quiso chinearla. Le tocó la cabecita, le agitó el pelo, pero más bien fue una actuación, un remedo de caricia.

A Paula le resintió esta actitud.

Al parecer sólo estaba interesado en seguir paseando con ella, tener acceso a la oficina, al Ministerio en donde le había tramitado sus papeles... pero no se interesaba verdaderamente por la chavalita.

Para colmo, meses después se le descubrió una enfermedad grave en los riñones a la niña.

Paula trabajaba durante el día y se desvelaba con la criatura durante la noche.

La carita de la niña blanca y fina reposaba ardiendo de fiebre sobre el pecho moreno.

En Nicaragua no había ciertos aparatos y medicinas que la enfermita demandaba continuamente y Paula pensó en llevarla a un hospital de Costa Rica o de los Estados Unidos.

Le habían recomendado el Hospital de Niños en San José.

Le fue imposible conseguir la visa, porque necesitaba una persona en San José que diera una fianza por ella y por la niña. No tenía a nadie.

Para viajar a Honduras tenía que obtener una visa de otro país, como requisito, y entonces se decidió por solicitar la norteamericana.

A su regreso de Miami Eddy le consiguió evidencias económicas y cartas de recomendación para solicitarla.

Eddy le aconsejó que no llevara nada que remotamente le diera la sospecha al cónsul de que trabajaba en el Ministerio del Interior, que se limitara únicamente a hablar de la niña y el tratamiento.

Pero desde que estaba haciendo fila, Paula se sintió mal. Sintió que desde algún lugar, alquien, quizás, la estaba valorando.

Se sintió incómoda.

Inmediatamente se dio cuenta de que sus zapatos estaban ya gastados y eran ásperos... que la tela de su vestido era ordinaria, y su figura..., que sus caderas y pechos eran demasiado anchos, grandes, pródigos... que no encajaban sus medidas, en absoluto, con el standar, la imagen, el paquete de una mujer norteamericana.

En la entrevista fueron breves, cortantes. Que lo sentían mucho, que regresara seis meses después.

Hijo suyo.

Ahora tiene la certeza de que no es tan sólo por el niño que quiere irse, como ella dice. Dentro de su mente y de su cuerpo estarán por siempre aquellas ideas en efervescencia, provocándole conflictos... inquietándola, manteniéndola siempre añorando algo.

Eso es precisamente lo que Cristy no quiere para su hijo. Todo eso que le han sembrado en el Pacífico. Lo sueña libre, pero sobre todo en paz consigo mismo. Tranquilo. Navegando aquellos ríos hechos por Dios para que los naveguen y amen. Es su religión.

Mientras tanto el niño hecho un bultito pequeño, es vigilado constantemente por ambos, mientras duerme en su hamaquita de dril.

La casa rodeada del humo azuloso con que se protegen de los insectos. Los perros durmiendo perezosos.

La mujer va sustituyendo cada pedacito de amor que siente por el hombre por una especie de rencor.

Se sabe rodeada de agua y vegetación que solamente con la ayuda de él podría franquear.

Cómo conseguir que Cristy, nutrido de agua y clorofila, de oxígeno de selva, acepte limitarse y aprisionarse por las paredes y las calles de una ciudad.

Cómo conseguir que su propio cerebro deje de planear cientos de proyectos civilizados para el futuro del niño.

Es una trampa en la que ha caído.

Día a día presiente algo funesto del perfume que emana de la laguna que él en un exceso de amor le ha regalado.

Porque se ha vuelto una prisionera de sus bellos colores. No, no puede quedarse allí, enterrada en vida... observa al hombre con rencor y él la observa a ella.

Cuando sale se lleva el cayuco y los remos... y ella queda rodeada de agua y de árboles y toda clase de vegetación, como en una prisión bella y macabra.

Si intentara alejarse sola, un poquito, la muerte le aguardaría.

Si ella lograra huir, Cristy la perseguiría por todos los caminos. Levantaría hoja por hoja de aquella selva... rastrearía cada sendero del mundo hasta encontrarla. El tiene paciencia para dedicar días y noches, bajo sol o grandes chubascos, rastreando las huellas de un guarí, de un zula, sin agotarse, sin impacientarse...

¿Qué no haría para encontrar a su hijo? No, no había ningún refugio para su fuga.

Ni siquiera lo intentaría, a un hombre así no se le desafía.

Para siempre. Por amar... de aquella manera distinta y nueva. Ardiente y a la intemperie. Viendo mientras se abrazaban cruzar las nubes por el cielo, brillar las estrellas. Oyendo entre sus susurros tiernos, ruidos desconocidos, jamás sospechados. Exhalando, mientras inhalaban aquel masivo y asfixiante oxígeno que se desprendía y los cubría, el olor de la pareja humana unida con lazos que parecían indestructibles... acostados en aquella hamaca siempre recién lavada y que había constituido la mayor parte del tiempo su tálamo nupcial.

Allí, enlazados, cuando dejó de existir el tiempo, las dimensiones... mientras el candil se apagaba y ellos dos y la noche... la verdadera noche, sin electricidad, mientras se iban encendiendo afuera las lucecitas de los achones y en el agua algunos peces mágicos relumbraban fosforescentes con destellos azules o verdes...

Cómo le gustaba cuando la luna pequeña y tierna se iba colocando sobre el horizonte... y aquellas cenas... cuando él hacía sus sopas con jaibas, mojarras, chacalines...

XIV

Desde que metí mis papeles para solicitar mi asilo, sueño cosas extrañas.

En mis sueños hay un gran desierto con serpientes, alacranes, tarántulas; al otro lado hay verdor, agua, pájaros y mariposas.

Yo tengo que llegar allí, al otro lado, pero para hacerlo, tengo forzosamente que cruzar la parte árida, seca, ponzoñosa.

O a veces sueño que estoy dormida en mi casa solariega de Estelí. Que oigo claramente desde mi dormitorio, que quedaba al lado de la calle, los pasos de los transeúntes, los ladridos de los perros de mi pueblo, los chavalos pasando en sus patines, las pláticas de los vecinos.

Identifico a los vecinos por sus voces, sus nombres... y me despierto sobresaltada al recordar lo lejos que está Estelí. Lo chiquito que es su punto en el mapa.

Le conté a Jorge mis pesadillas. Me dijo que lo que

necesito es salir un poco, divertirme, no estar tanto tiempo sola.

Así que le he aceptado un viaje a la playa; él no puede creer que después de tanto tiempo que llevo viviendo aquí, todavía no haya ido a la playa.

¡El mar de la Florida es tan bello! Es como un mar de postal, verde-aqua, con arena blanca.

Pero extrañamente no habla a mi corazón como el mar de allá, en Poneloya, Pochomil, San Juan del Sur. Aquel es un mar que pareciera gemir, sufrir. De un gris dramático o de un azul pasional.

Un mar que tiene un lenguaje, miles de secretos, que le canta con cada romperse de ola a mi corazón... canciones de gran pasión, amor. Con su arena gris.

¡Es tan alegre en Nicaragua! La vida más fácil, sin tantas presiones. Todo el mundo cariñoso, generoso, comunicativo. Los paseos al mar, alegrísimos, con guitarras, cantos.

Las visitas a los parientes en los departamentos. Los jocotes, los mangos, los nancites y mamones... al alcance de la mano.

¡Qué recuerdos tan cálidos me ha traído el olor a mar!

¡Qué imagen más llena de ternura para encerrar una simple palabra: Patria!

Jorge tenía como siempre la razón, ya que fue un día feliz como hacía tiempo no pasaba. Baño de mar, arena entre mis dedos, aire marino en mis pulmones.

Caminata con los pies descalzos a la orilla de las olas.

Jorge, siempre preocupado por mí, no concibió que me asoleara sin bloqueador de sol apropiado como hacía en Nicaragua. Fue a comprármelo. Dice que el color translúcido y dorado de mi piel es de lo mejor que tengo para no perder mi trabajo.

Con su mano cálida y firme, amorosamente, distribuyó el bloqueador por mi cuerpo...

Después, con apetito, compramos "stonecrabs" y fuimos a comer a su apartamento.

Es un apartamento decorado con gran gusto y esmero. Paredes blancas, alfombra gris, cortinas y adornos color melocotón. Temperatura y humedad artificial.

Da la apariencia de que hasta allí no penetran los sufrimientos del mundo, ni la angustia, ni el dolor.

Volvimos de nuevo a la playa y allí contemplamos la noche, mientras yo pensaba si hacía bien o mal en estar tanto tiempo sola con Jorge. Si es honesto de mi parte alentarle. Siento constantemente su admiración en silencio.

Cuando amé de verdad, hasta el sacrificio de renunciar a mi patria, fui traicionada, desairada.

¿Qué podría significar para mi vida, para la de él, continuar aceptándole invitaciones a la playa, a bailar a discotecas, a cenar a restaurantes? ¿Qué significa? Ay, después de tantos años de soledad...

¡Si las noches de amor con mi esposo no fueron más que una farsa! Mi amor por él, mi fidelidad, una corriente de una sola vía... a la que le salió al encuentro la traición de su parte.

Tal vez nada fue real de aquel amor, nada. Tal vez no tenía bases, nada, tan sólo mi ingenuidad, mi fidelidad, mi pasión.

¡Ah, yo, la más inocente, ingenua y fiel de las mujeres!

Viviendo entre todos estos seres que con gran prisa compiten entre sí y aún así... sin violar mi integridad.

Consiguiendo un trabajo tan super como el que he conseguido... sintiendo como si nuevas plumas surgen en mis alas... y como consecuencia lógica... la tentación... la invitación a entrar a este mundo de luces de colores, que gira, que bulle, que permanece en continua efervescencia.

Como diría Rubén: "moderno, audaz, cosmopolita".

Pero detrás del brillo, de las luces... la encrucijada de nuevo.

Jorge me aconseja que le pida el divorcio a Eddy, lo que significaría romper por siempre con mi pasado.

Eddy me engaña y Jorque quiere que me divorcie y que dentro de algún tiempo, lo piense bien, y me case con él.

Siendo ciudadano norteamericano por adopción, promete reclamarme, y definir mi status... y cuando las tensiones políticas se calmen... llevarme a visitar Nicaragua.

Iremos, dice. Todos los años si yo quiero. Y podré mostrarle a él, a nuestros hijos, los lugares de que tanto he hablado. Los famosos volcanes azul morado, los lagos celestes, las lagunas color de esmeralda.

Sonrío y callo.

No puedo ser ingrata y olvidar toda la ayuda que Jorge me ha brindado.

Me consiguió el permiso para trabajar y yo no tenía ninguna experiencia... me enseñó a desenvolverme en este sistema; y mi primer trabajo.

Dependienta en un almacén. Detrás del stand de los cosméticos... y desde que yo llegué... él se fijó... las clientas comenzaron a comprar pidiendo la misma sombra que yo andaba en los párpados, querían la misma marca de maquillaje, el mismo color de la pintura de labios, de las uñas... y hasta el mismo tinte, color y marca, similar al de mis cabellos.

Me solicitaron el nombre del shampoo que yo usaba, la marca de mi cold cream, y hasta la de mi perfume.

Sin hacer esfuerzo alguno... hasta que la directiva del almacén me mandó a hacer un curso, y luego, por insistencia de Jorge, a la convención en Tampa.

Lo malo es que sé que para él Nicaragua no es más que un punto cualquiera en el mapa. No le importa mucho e incluso piensa que es un país de calamidades, catástrofes, cataclismos naturales y políticos.

Y no entiende, no puede entender, cómo es que yo sigo añorando.

Bromea diciéndome que los grupos étnicos del Norte bajaron hasta allí y que los del Sur subieron, las dos corrientes se encontraron en Nicaragua, y chocaron, como chocan las olas que se unen en el estrecho de Magallanes provenientes del Atlántico y del Pacífico, y que como en el estrecho de Magallanes, se alza nuestra raza anárquica e ingobernable... con las fuerzas de los dos flujos...

Yo le discuto y hasta lloro, cuando me hace perder la paciencia... y le digo infantilmente que peor es en Cuba. El se ríe y me dice: "pero menos".

Insiste en que yo enfrente el futuro con los pies firmemente apoyados en la realidad, sin romanticismos... y que olvide el pasado, que arranque para siempre la tierra nica, pinolera, de mis raíces.

XV

Cristy le acepta que se vaya sola... pero a ella el hijo la retiene.

El precio de su libertad lo constituye el niño, a cuyo corazoncito se encuentra atado su corazón de madre, con unas amarras invisibles e indestructibles.

Es su muelle, su tronco.

Sin embargo tiene que encontrar una salida... un dejar de sufrir.

Podría desde Managua gestionar hasta el agotamiento una plaza de maestra en Laguna de Perlas, Raytipura, Kakabila, Orinoco o Tasbapauni.

Proponerse y aprender inglés y miskito. Cumplir la función social que sabe y ama. Con tantos analfabetos que aún quedan en Nicaragua. Su esposo entre ellos, y potencialmente su hijo si lo deja... Pero no. Cristy era totalmente inconsecuente. O se quedaba allí, o se iba sin el niño.

La antigua pesadilla día a día frente a ella. El mar lo representaba el agua de los ríos y lagunas. Las olas bordeadas de espuma blanca son su desesperación y él, el guía, sin el cual no podría salir del laberinto.

Siente nostalgia, necesidad por su ciudad; por una casa rodeada de otras casas, de paredes protectoras, de calles y aceras. De médicos, farmacias.

Una ciudad. Cualquier pueblo.

No sabe si eso es odio, lo que le provoca tanto sufrimiento... porque llena está su alma de aquella única y obsesionante idea de escapar, de buscar la forma de romper todas aquellas barreras naturales que la aprisionan y separan de sus semejantes.

Aquella lluvia eterna.

Todo quedo. Dejando escuchar la llovizna que cae sobre el alero de palma... y el agua de la laguna dándose y dándose en la orilla, incansablemente, recordándole que sin cayuco o con cayuco nunca logrará escapar.

Lo sabe. Se lo recuerda cada golpe de ola, cada golpe.

Se le ha ido agotando la ternura. Ya no desea acariciar ni ser acariciada...

Tendrá que irse sola... cuando se seque completamente la leche en sus pechos... ¿Pero cómo desprenderse de aquel cuerpecito que ha vivido dentro de ella, palpitando con ella, compartiendo hasta el más leve de sus suspiros?

Porque el impulso vital de vivir ella se lo ha incubado y ahora el hombre quiere apropiárselo.

¿Cómo va a criarlo él solo, a la intemperie?

Sintió que la llama ardiente que era su amor por Cristy y que ella creyó eterna, se extinguía como la llama de una candela a la que se le va terminando el oxígeno.

Cada una de sus células se va impregnando en el lugar donde estaba el amor, con odio. Sustituyendo, llenando cada huequito de amor, con odio.

Su cuerpo comenzó a negarse repentinamente al amor. La danza del amor se le ha vuelto ajena e intolerable para su corazón decepcionado y entristecido.

Ni siquiera se alegra con las sonrisas del niño, ni con el florecimiento de una veranera que trajo del Pacífico y que estalla en una explosión violácea. Nada la conmueve.

No siente ni pizca de alegría, permanece indiferente y nunca jamás, lo sabe, logrará conciliar su vida.

Se va envenenando, intoxicando... aborreciendo con la misma intensidad.

El niño le sonríe, ella no le acaricia... aparentando mansedumbre... mientras piensa... pero su rebeldía es por dentro y contra el hombre. Escondida.

Los días van pasando sin que tome ninguna decisión. Ni quedarse ni irse, hasta que una noche sueña que ella le dispara al hombre en un duelo de hombre contra mujer, mujer contra hombre.

Corriente de amor con odio como las mareas en la repunta... Empujando entre sí las aguas con pujanza.

En su sueño sintió un fuego por dentro, quemante, desesperante.

Un fuego que comprendió al despertar que no era amor. No el mismo amor que la impulsó a venir el año anterior, cuando era época de celo y las montañas emanaban un perfume afrodisíaco... y los brazos de él la habían transportado, arrebatado, hasta aquella laguna de Ebo como en una afirmación de su entrega. Para amarse... para siempre.

Cuando locamente le siguió a pesar de todas las advertencias de sus amigos y familiares, los ruegos de Paula... tratando de detenerla. Insensatamente.

Pero aquellos momentos quedaban atrás, cuando se amaron por primera vez en el bote, en Gunpoint y luego habían atravesado la laguna más grande, Laguna de Perlas y él se había empeñado en llevarla a conocer Ebo Lagoon.

¡Ah!, aquella entrada a Ebo Lagoon Creek.

Era como haber descubierto el paraíso o más bien como haberse salido del planeta tierra y haber sido proyectados a paisajes soñados y extraterrestres.

El color. La quietud y soledad. Las montañas misteriosas que les circundaban.

El silencio.

La extraña sensación, no la de regresar por el tiempo al pasado del paraíso, sino más bien hacia un planeta lejano, diáfano, puro e inaccesible.

Navegaron y el sol transformó la luz en todos los matices imaginables para la belleza del agua. Del verde al amarillo, al azul, al violeta, al gris.

Lo real y lo que se reflejaba.

La geografía de Nicaragua se le mostró a Leticia, no como en las páginas tediosas de los libros, sino que real, nicaragüense.

Cristy le sonrió triunfante porque al fin podía llevarla a conocer los lugares más amados por él y que permanecían totalmente secretos, escondidos.

Aquellas lagunas de la costa Atlántica de Nicaragua que se aparecían de pronto, sorpresivamente, desde sus recónditos lugares. Todas conectadas entre sí por ríos, caños y afluentes.

Eran como diosas vírgenes en espera de sus príncipes soñados, de sus besos, para poder despertar. Y sobre todas, Ebo Laggon. La preferida. La más amada.

Navegaron el caño de Ebo buscándola.

Los enormes árboles de Ebo bordeaban, con sus hojas de un verde intenso y obscuro, el caño, y se asemejaban aquellos árboles a rascacielos o a gigantescos guardianes de la princesa dormida.

Leticia sintió un arrebato místico. Como si fuera entrando a la catedral más bella erigida desde el comienzo del mundo en honor a su creador.

Las copas juntábanse arriba y formaban una nave central por donde, allá de repente, podía verse el azul del cielo.

Allí no cabía el lenguaje. Ni inglés, ni español, ni miskito. Tan sólo el silencio.

Los árboles estaban florecidos. Las flores de un amarillo dorado resaltaban.

Ráfagas de viento mecían los árboles de Ebo y, al agitarlos, se desprendían las flores como lluvia dorada.

Caían las flores sobre el agua. Sobre el agua que no era propiamente transparente, sino que obscura de tanto extracto de árbol.

Las flores se posaban, flotando. Y cada vez que soplaba el viento, cada vez, se desprendía aquella lluvia dorada y mágica.

Ya en el agua las florecitas eran empujadas por el viento y las corrientes y formaban jeroglíficos que eran como mensajes de amor... y así se desplazaban dulcemente, en franjas, en danzas.

Las florecitas eran como bailarinas diminutas de oro arrastradas sobre su escenario de agua. Formaban remolinos. Dibujos. Mensajes.

¡Cómo olvidar aquella lluvia de flores sobre sus cabezas! Cómo pintar los colores: dorado de flor, verde pardo de hoja de Ebo, azul del fondo del cielo, café transparente del agua.

Sintió un éxtasis. Un deseo de abrirse gozosa y generosa al ímpetu de aquella naturaleza y de aquel ser de quien ya nunca, jamás, se volvería a separar...

Remarían eternamente por aquellos ríos. Vivirían felices. Se instalarían más al Oeste de Sunie Lagoon, y verían el sol transformar cada día en mil matices... sí, serían felices para siempre.

Mientras se prometían aquel amor eterno, continuaron avanzando lentamente hasta que se les mostró luminosa Ebo Lagoon.

En la madrugada del siguiente día la luz del sol iluminó las caras de las hojas orientadas hacia el Este. Traslúcidas. vistas a través, reflejando en mil formas los tonos del verde. Lo que el ojo humano podía captar de aquel derroche de luz y clorofila.

Así, el paraíso emergió una vez más en el Génesis.

La montaña viviente, respirando. El oxígeno de aquellos pulmones verdes, embriagándolo todo.

Los colores del cielo, dorados, reflejándose en aquella agua quieta, dulce, mansa. Todo asemejándose a una visión divina, pero que era terrena, real.

Sus grandes corazones enamorados, latiendo. Sus cuerpos vigorosos, viviendo. Sístole, diástole. Inspiración y exhalación. Y la sangre corriéndoles, ardiente.

La luz lo invadió todo. Cristy se bañó y su piel húmeda, café obscura y brillante se asemejaba a una semilla de tamarindo.

Preparó un rústico desayuno y ordenó y limpió el bote.

Ella sintió el deseo de bañarse también en aquellas aguas misteriosas. Las probó. No eran ni dulces ni saladas. Tenían olor a flores de Ebo y sabor a extractos vegetales.

Peces. Pájaros.

Sumergió su cuerpo y se impregnó para siempre del agua retenida en aquella muralla de árboles con verdes que alcanzaban el pardo obscuro. Retenida como en la palma de una mano.

Para Cristy su cuerpo de mujer bañándose en la laguna se le asemejó aquella mañana al cuerpo de una diosa.

La piel transparente. El perfil de una hermosura y dulzura inexplicables. El pelo.

La vio sumergirse y lavarse. Mojarse el cuerpo y brillar su carne suave y firme al mismo tiempo.

El agua la acarició, refrescándola, transformando sus formas en brillantes, húmedas, vibrantes formas. Dejando entre las hebras del pelo pequeños y diminutos pétalos de florecitas de Ebo.

Bañó su cuerpo con minúsculas y traslúcidas gotitas de agua que brillaron al reflejar la luz y convirtieron sus movimientos en una mágica y fascinante danza de pez-hembra, hoja-hembra.

Para él aquel cuerpo femenino era tan frágil. Parecía necesitar calor, ternura, protección. Todo lo que él poseía y podía brindar a borbollones.

Así como para ella el hombre parecía ser el final de una larga búsqueda. Sí. Por muchos años había buscado todos y cada uno de sus fragmentos para formar su imagen como un retrato en el agua.

La imagen de Cristy juntó aquella mañana, como todos aquellos meses, al hombre fuerte, primitivo, altivo, libre, en las dimensiones del mundo totalmente extraño a ella.

El cuerpo masculino irradiando valor, fortaleza y al mismo tiempo, dulzura y virilidad. Firme y flexible. Con su piel obscura y brillante y sus músculos desarrollados al máximo de tanto remar y defenderse.

Arisco, él, al fin había elegido a su pareja de la misma forma que escogían las fieras en la montaña, y además, como hombre...

Su hembra.

Suya.

Para siempre.

A la que defendería a muerte.

Se juraron ese día no limitar la entrega, la decisión de juntarse, a un simple acto de amor.

En medio de aquel mundo por lo regular hostil, primitivo, habían consumado un acto más sagrado que cualquier promesa o ceremonia llevada a cabo ante otros hombres. Porque el macho debía vigilar fielmente y proteger la espalda de su hembra y la hembra la de su macho.

Por eso él era desafiante como debía ser en aquellas selvas, en donde cualquier instante de vacilación o de pesar podían significar la muerte.

XVI

En Managua la niña empeoró y la desesperación de
Paula llegó a su límite, la obligó a aterrizar cruelmente en
la realidad.

Su realidad.

Ellas dos no tenían acceso al mundo aquel, para ella
irreal, de que Eddy le hablaba tanto y por el que él se des-
plazaba libremente.

Al parecer, para ella y para su chavalita estaba veda-
do, muy lejano, prohibido.

Comprendió que entonces a su hija le sería muy difícil salir al extranjero para aprender inglés, para estudiar,
ser artista de cine, o algo así.

Ahora ella ansiaba lo mejor para la niña y, ¡la veía
tan bella!

Pero de golpe aterrizó en su mundo, en su realidad,
en su posición.

No soñaría más.

De carne y hueso, humano, así era su jefe, e iría a pedirle ayuda a él, que cuando no estaba de mal genio enseñaba los dientes, riéndose a carcajadas, como si la vida fuera un perpetuo chiste.

Allí estaba en su escritorio.

Vio a la niña y le acarició el cachetito y al instante le bautizó con el apodo que ya nadie le quitaría: "la burguesita".

La recibió cariñoso. Como si nada hubiera ocurrido, como si ella no se hubiera enredado con un burgués tan clásico como Eddy, descuidando su trabajo, desairándole a él, a sus compas...

No le reclamó nada ni le insinuó nada... Paula le explicó el problema de la niña y él le dio la respuesta que buscaba.

Le pidió los pasaportes de la niña y de ella y le dio esperanzas... sobre todo esperanzas... Con su estilo poco marcial, su uniforme arrugado...

A la semana siguiente la mandó llamar y la recibió serio, aunque con su pelo siempre desgreñado.

La llamó de nuevo "compañera" y le notificó que le tenía casi todo listo para que saliera, de este lunes en ocho, en Cubana, hacia La Habana, en donde, la niña sería internada en el hospital de niños; lo mejor en la isla, y en Latinoamérica.

Le habló de usted, de jefe a subalterno, que no, que no se equivocara, que ni la revolución ni él abandonarían a una hermana en desgracia... serio, apresurado, malgeniado, como si de pronto hubiera recordado que Paula le había desairado, prefiriendo a un burgués guapo, oloroso a perfumes y desodorantes exóticos, pero inútil, totalmente, para solucionarle el problema.

"A su regreso puede presentarse como siempre a su trabajo. Venga de uniforme". Serio, casi marcial, con aquella decisión tan suya y que Paula le había visto ya antes.

Y, al sentir sus ojos fieros, penetrantes y negros en los de ella... Paula sintió escalofríos.

Era el escalofrío de la verdad, de la bajada de golpe, de la nube, de la puesta de los pies, de nuevo, sobre el duro suelo... del suelo en el mundo al cual pertenecía... al que tenía acceso... y al que pertenecería su niña, su chavala, si vivía, si la curaban en el hospital de La Habana.

A su regreso vestiría de nuevo el uniforme, portaría el arma de rigor. Asumiría, de nuevo, su lugar en el Ministerio.

Sería quien era en realidad.

Las aguas tarde o temprano vuelven a su cauce.

Eddy se negó rotundamente a discutir siquiera el asunto del divorcio. Dijo que él era católico y que no creía en el divorcio. Cree que con pedirme perdón, desaparecerá la cicatriz que él me hizo, la que con frecuencia me duele, la que al menor roce me lastima.

Me asegura que todo lo de la compa ya pasó... y si yo se lo pido, no volverá jamás a Nicaragua... él cree que muy pronto los contras triunfarán y derrocarán al gobierno... como si eso solucionara nuestro problema...

Cree que volveremos muy pronto, y podremos hacer realidad nuestros sueños de enamorados como si nada hubiera ocurrido.

De enamorados.

El fue mi primer amor. Mi príncipe soñado de la adolescencia... allá, cuando yo todavía vivía en Estelí y él llegó donde unos parientes huyendo del terremoto del 72.

Pero es que él no se da cuenta cómo he cambiado.

Todos hemos cambiado.

Los sueños de antes se quedaron atrás. Para siempre.

Ya no me interesa una casa a como la habíamos planeado, en Las Colinas, el reparto más elegante de Managua después del terremoto. En donde vivían mis suegros. Ya no quiero una piscina, ni una cancha de tenis.

Qué remoto parece todo aquello.

Sin embargo, me he dado cuenta, que con Eddy me une un interés común por la patria. Nicaragua es de nosotros. La compartimos. Le pertenecemos.

Si tan sólo pudiera tener frente a mí una bola de cristal y leer, adivinar el futuro.

Porque la vida, aunque es la mayor parte del tiempo triste... tiene momentos felices, divertidos. A veces.

Yo no quería mencionarle a Eddy lo del divorcio, y sin embargo, lo hice, y se desencadenó la tempestad.

Pareciera que la competencia entre ellos dos se ha definido a la promesa de llevarme primero a Nicaragua.

Cuando tengamos de nuevo paz... cuando cese la guerra.

Por la noche he recitado inconscientemente aquel poema de Salomón de la Selva y que desde que estoy en el exilio conmueve a mi corazón:

When the Winter comes, I will take you to
Nicaragua
You will love it there!
You will love muy home, muy house in Nicaragua.

Y así me fui quedando, mientras la imaginación me transportaba y convertía casi en realidad una dulce ilusión... Yo era como Peter Pan y como él, volaba sobre el triángulo verde y brillante de mi tierra natal, era como un mapa en relieve tan real, que en mi vuelo rozaba los bellos volcanes, las copas de los árboles de cenízaro, guanacaste, madroño; me salpicaba la brisa de los lagos y podía aspirar

el olor de la tierra húmeda a la que le había caído el primer
aguacero del invierno.

Y ahora que ya no podía continuar amándole con la
misma ingenuidad y entusiasmo de aquellos días, ni mantener por más tiempo el juramento. Sueña de nuevo que Cristy va subiéndose al cayuco y le da la espalda y que ella
toma la escopeta, la monta y le apunta.

Que en la mira queda centrada la espalda, el tórax
musculoso... que ella le sigue con el ojo puesto en la mira
y no se atreve a disparar y arrancarle la vida a aquel ser
hecho a imagen y semejanza de Dios y que representa a un
bello ejemplar de su raza.

¿Cómo atreverse a quitar, ni en sueños, el impulso
vital que tan sólo a Dios le está permitido dar o cortar?
Pero lo soñó y es un sueño que se le ha repetido varias
veces... y comprende al despertar, en ese mismo instante, que debe irse, marcharse, huir inmediatamente.

Olvidar.

Aquel sueño es una revelación. Debe dejar al niño
antes de que la leche se agote, se seque en sus pechos.

Irse.

No volver a ver atrás como hizo la esposa de Lot.

Huir de la escena del crimen antes de que se cometa y
antes de que sus cuerpos exploten en llamas ardientes y rojas
de pasión y de odio. Quemantes. Arrastrándoles al infierno.

"Si me marcho y le dejo al niño para mientras consigo
una plaza de maestra en un pueblito cercano, Cristy irá conmigo, a dejarme.

Hemos nacido en dos mundos lejanos. Nuestros orígenes, nuestra educación, los paisajes que han rodeado nuestra
niñez, todo es diferente, pero sobre todo nuestros anhelos,
las ilusiones.

Por siempre seremos extraños el uno al otro. Ni que vivamos un siglo de noches juntos, amándonos, llegaremos a comprendernos.

Lo veo allí tendido sobre la hamaca, el hombre más bueno del mundo, y comprendo que nunca podremos, con su manera de ser, su imaginación, su cuerpo entero, caminar por los mismos senderos ni vivir en una ciudad, pero, ¿cómo vamos a volar o anidar separados?, y el niño, ¡si ha brotado de lo más profundo de mi ser, del propio centro, de lo más hondo, de un gran amor! ¿Quién lo arrullará en la obscuridad de la noche?

Cuando me marche, cada vez que cierre los ojos, tendré fija en mi mente, en mis pupilas, la acuarela de mi casita reflejada en el agua cristalina de la laguna, los árboles al fondo, los colores. El candil como un achoncito.

Me imagino el amanecer del último día. Todas las hojas se irán iluminando. Las copas de los árboles. Las plantas. La laguna.

Despedirme de todo me va a doler mucho.

Navegaré de regreso sobre el amado y hermoso río Escondido. Me despediré de todo a medida que me vaya acercando a los afluentes Mico, Siquia y Rama. Me comenzará a doler espantosamente la despedida.

Mi corazón, como los verdes árboles que crecen a las orillas, ha echado raíces.

Voy a desvanecerme cuando nos tomemos de la mano y nos miremos a lo más profundo de nuestros ojos como queriendo encontrar algo a qué asirnos. Como el día que nos despedimos cuando terminó la alfabetización y creímos que no volveríamos a vernos, o como el que se ahoga y busca desesperadamente el borde de la poza profunda para salvarse. Pero nuestro amor ya no es el mismo. Ni nunca podrá ser de nuevo, porque ya no nos une la sinceridad. No se puede amar así y le amo. No puedo negarlo. ¡Cómo le amo!

Ellos dos, hombre y niño, voltearán la proa. Remarán

hacia las lagunas Ebo, Sunie, Toplock. Los veré alejarse dejando tras sí tan sólo la silenciosa huella del impulso del bote sobre el agua.

Y cada vez que abra los ojos buscaré en las sombras que se pintan en el suelo, los jeroglíficos con sus mensajes. En cada ráfaga de viento, canto de pájaro, susurro de árbol, oiré su voz, llamándome, cantándome canciones de amor. Oiré continuamente el llanto del niño. Con cada vuelco que dé mi corazón al recordarles, sentiré grabarse más y más sus recuerdos como se graban en la madera las vueltas de un torno. ¡Las veces que nos amamos, mi fuga a Laguna de Perlas! El año que hemos vivido pletóricos de amor. Nuestros cuerpos húmedos de lluvia y de pasión, y transparentes, las gotas resbalando en nuestros cuerpos desnudos.

En todos los momentos del futuro, al respirar cualquier perfume que tenga algo de río o de selva, sentiré una dolorosa punzada en mi corazón, una gran nostalgia.

Mis lágrimas brotarán y harán que todos los ríos del mundo se crezcan, pero no debo quedarme.

Para qué existir, con todos los perfumes amados, aquí, lejos. Y para qué van a continuar corriendo los ríos si ya no los navegaremos juntos.

Si sus corrientes no podrán encontrarse jamás, como nosotros, nuestras vidas, corriendo, escapando''.

Sobre la Guerra

"ADIOS PARA SIEMPRE"

I

María José

Espera en una gasolinera, a la orilla de la carretera, cerca del empalme de un camino que viene desde la montaña, a los compañeros de la ciudad que vienen a recogerla.

Siente un gran desamparo. Miedo de la noche. Miedo de regresar a la ciudad, a la clandestinidad. La obscuridad. Lo desconocido. La inmensa soledad que experimenta al reconocer que tiene que enfrentarse completamente sola, a la terrible y desconocida experiencia de tener ¡por primera vez! Un hijo. ¡Y en qué adversas circunstancias! Sin compañero para compartir la responsabilidad. Sin madre que la acompañe y asista.

No debe pensar jamás, en regresar a la montaña. No puede volver.

El motivo, según ellos, está bien claro. A pesar de tantos factores que se oponen, la ofensiva final para junio de 79, es ya un hecho. Un proceso irreversible. Nadie puede detenerla. Ha entrado en su fase final, al conteo regresivo.

Como su embarazo. Nadie, tampoco, puede detenerlo, impedirlo. Ha comenzado su última etapa y, como un hecho natural, inevitable, tiene que llegar a su término.

Desde ahora en adelante caerá sobre su vida y no sólo sobre su cuerpo como hasta entonces, el peso total, sin compartirlo con su pareja, de aquella criatura desconocida, blanda, caliente y dulce y totalmente desamparada. Aquel cuerpecito viviente que desde que nazca constituirá su hijo.

A veces le odia, por haberse interpuesto en la realización de sus ideales y a veces siente el primitivo deseo de estrecharlo y besarlo, porque es un hijo solamente suyo, una criatura no compartida. Arrullarlo. Sentir una cosa indefinible. Dicha, ternura.

Le preocupan estos sentimientos contradictorios ya que no son lógicos y naturales en una madre. Odiar a ratos a la criatura que al mismo tiempo ama. A la criatura que estando dentro de ella, la aprisiona como si fuera ella la que está dentro del hijo.

Pero ¿por qué? ¿Por qué precisamente a ella tenía que ocurrirle esto? Esto que la imposibilita para la lucha, cuando la ofensiva final es inevitable. Cuando la guerra es la única alternativa que queda.

Ella pariendo. Ocupada en algo tan primitivo. Cuando por toda Nicaragua la lucha hasta la muerte ha sido preparada. Ella, inútil. Llorando hasta el punto de que es un milagro que no haya perdido al niño, aferrado a su vientre con una fuerza vital incomprensible. A pesar de los malos caminos, de los sobresaltos de la clandestinidad, de las movilizaciones repentinas. Caminatas agotadoras "al paso del más lento, pero lo más rápido posible". Sed, hambre. Pero el niño aferrado a su madre, empeñado en vivir a pesar de todo.

Como los monitos de las montañas colgando siempre de sus madres. Sin caerse ni de los árboles más altos, con sus ojitos inquietos, tristes. Así la criatura, el niño, prendido a sus entrañas.

Cargándole desde hace varios meses, desde antes, cuando con sus ocupaciones guerrilleras no podía detenerse a pensar en su retraso.

Hasta que se fijó y entonces de ese pensamiento nació la sospecha y tras la sospecha, la certidumbre, la realidad, y con ella, la silueta, la sombra hasta ese instante insospechada de un hijo.

Ese automóvil que se detiene parece ser el que espera. El que viene a recogerla. Sí, allí están los compañeros. Con su contraseña.

Sentada en el asiento trasero del automóvil de lujo. Recién adquirido. Oloroso a cuero. Se va arrecostando cansadamente. El aire acondicionado demasiado frío. Se acurruca, envuelta en una toalla grande de las de la Cerveza Victoria.

Sabe que le han buscado una casa de seguridad. Que allí debe esperar mansamente lo inevitable. Obedecer ciegamente las instrucciones, porque con ella, si la apresan y torturan, pueden frustrarse muchos planes.

Ni siquiera sabe si la envían a un pueblito o a una ciudad grande. Porque de todas formas, pronto, todas las ciudades del país arderán en la insurrección, en la ofensiva final, en la que el guerrillero no tiene más que dos alternativas: ¡Vencer o morir!

Así de simple. Ella bajando de la montaña para poder parir. Y todos saben que en las ciudades y en los pueblos y los campos, de un momento a otro, estallará la guerra. Bajando de la montaña para poder parir y consciente de que en las ciudades, grandes y pequeñas, que en los poblados, que en todos los caminos de Nicaragua, la represión se ha intensificado, llegando a niveles de horror.

En esta fase, los nicaragüenses que quedan vivos no se dan abasto para enterrar a sus muertos y hasta el Arzobispo ha dicho: "...ya no queda suficiente tierra para cubrir las tumbas".

De todas formas ella no podía quedarse. Todo campamento en la zona ha sido desmantelado y el movimiento es únicamente, exclusivamente, en función de la ofensiva final en las ciudades.

Recorre la carretera conducida por dos compañeros a quienes ni siquiera conoce, y que por ella, se han metido a una región insegura, y exponen su vida para dejarla en un sitio escogido para cuna de su hijo, anónimo y clandestino. Un lugar, que por razones de seguridad, ni ella misma conoce.

El lujoso olor a cuero del automóvil la hace recordar el año aquel en que siendo casi una niña se integró al Movimiento Cristiano. Las inquietudes se le fueron despertando a medida que se daba cuenta, más y más, de lo que ocurría a su alrededor, a medida que maduraba y profundizaba en estudios políticos.

Aquel terrible sufrimiento llevando desde entonces sobre sus hombros juveniles. El peso de ajenas tristezas, absorbidas por ella, quién sabe por qué extrañas transposiciones. Culpable por estar rodeada de tantas comodidades, como si ella fuera la causante de todas las opresiones.

Observando, desde entonces, a los trabajadores. Comprendiendo lo duro que para los pobres debía ser la vida a pesar de ser personas buenas. Los enfermos. Los abandonados y los explotados seguían siendo personas buenas. Sin rebelarse a sus destinos. Quietos. Aguantando.

Comenzó a oír, sobre todos los otros ruidos, las picas de los obreros y los machetes de los campesinos, trabajando incansablemente bajo el sol o bajo la lluvia. Sumisamente. Veía el abandono de los más pobres, sin ninguna esperanza.

Las tardes grises de su adolescencia. Porque no comprendía cómo los demás no se condolían.

Entonces se fue metiendo a trabajos cada vez más comprometedores, y que comprometían a su familia...

Hasta que no pudo más.

Hasta que el sufrimiento que sentía por los demás, la hizo integrarse a la organización más perseguida del país. A sabiendas de que desde ese momento su vida peligraba. Y que sus padres jamás aprobarían su decisión.

Ya no había vuelta atrás. Participó en trabajos más activos y cada vez más comprometedores. Le encomendaron el reclutamiento de nuevos compañeros.

Discutiendo con sus padres se fue abriendo una gran brecha entre ellos y ella. En la familia misma. Porque ella detestaba aquella comodidad. Aquella riqueza innecesaria y a veces escandalosa.

Se rebeló.

"El les dijo: En verdad os digo que ninguno que haya dejado casa, mujer, hermanos, padres o hijos por amor..." (San Lucas 18, 29).

Una mañana salió para la Universidad y ya no volvió más. Entró a la clandestinidad y recibió más entrenamiento político y militar.

Se acurruca más. Se cubre por completo con la toalla. Los compañeros, en el asiento delantero, sintonizan la radio y se mantienen alertas.

No llevan armas pero sí licencias de conducir falsas, carnets de estudiantes, falsamente revalidados.

¡Si supieran sus padres! Si sospecharan que viaje en una carretera hacia el final de un embarazo que ellos ignoran. Y después de cuatro años en que no ha tenido tiempo de sentimentalismo, siente por primera vez nostalgia del pasado.

Si desistiera. Si simplemente regresara a su casa en busca de protección para su vientre hinchado, al completar ya casi los nueve meses y estando tan próxima al alumbramiento... porque siendo primeriza tiene miedo. Miedo de estar sola. Necesidad de la mano de su madre, a quien ha abandonado, tan sólo para que la guíe durante el trance.

Siente, como una dolorosa punzada, el deseo de regresar. La casa paterna en donde seguramente y todavía, día a día, en alguna forma, la esperan.

Para su hijo no tiene nada listo.

Desea de manera primitiva un lugar seguro y acogedor donde esconderse y parir. En paz, como cualquier hembra, del reino animal. Sin fuga. Sin persecución.

Descansar. Parir.

Apretar contra su cuerpo a la criatura desconocida y alimentarla dulcemente, dejando que la leche mane de sus pechos, sin prisa, pródiga. A como ha visto hacer a las campesinas en las montañas.

Dejar que la criatura desconocida se sacie y se duerma. Arrullarla simplemente. Arrullar a aquel ser completamente desvalido, desnudo. Sin miedo a que la hayan delatado, o la vayan a delatar. Porque ahora, en la inmensidad hinchada de su cuerpo no puede encontrar paz. Ni por fuera ni por dentro.

Por dentro porque ya no caben los dos. Porque el niño la empuja y crece constantemente a pesar de las limitaciones, de los moldes de su carne.

Por fuera... porque se siente aterrorizada ante la inminencia de un parto clandestino. Primeriza. Escondida. Sin nada listo. Si saber si el corazón casi se le detiene, débil, disparejo, por falta de aire dentro de sus pulmones comprimidos, o por los ruidos desconocidos que vienen del exterior, de la carretera, de los pueblos por los que pasan a cien kilómetros por hora, de la obscuridad, de la noche.

Porque todo ruido puede ser sinónimo de muerte o de algo peor: de captura, de tortura, y le aumenta en proporciones infinitas el peso de su gravidez, distinta, guerrillera.

Solitaria. El compañero luego de dejarla en la gasolinera se perdió en la noche. Luego de la despedida no quedó más que la obscuridad y la vastedad del territorio nacional...

¡De todo el territorio nacional!

Porque su compañero, más perseguido aún que ella, tenía que perderse, alejarse, abandonar su paternidad. Porque un militante de su importancia no puede tener domicilio conocido.

Su vida es clandestina y no se le puede escribir a ningún lugar. Se eclipsa como se esconde el sol o la luna tras la sombra momentánea de la tierra. Existiendo siempre detrás de la sombra...

A menos que por casualidad, algún día, el destino los volviera a juntar en algún operativo inesperado. O porque la foto de uno de los dos salga en Novedades, ya muerto, para ser reconocido y para servir de escarmiento. Ese podría ser el único encuentro.

Cada cual perdiéndose en la noche... ya se habían perdido... Solitarios.

Detrás del adiós, el silencio. Clandestino es sinónimo de silencio, de obscuro, de noche. De lugar incierto en cualquier territorio lluvioso de Nicaragua.

Porque el haber estado tantos meses entrenándose juntos, en las montañas, en los campamentos improvisados, no debía significar nada, ni para él, ni para ella. Se comparten la lucha, los ideales, los peligros, los momentos fugaces de ternura... pero todo eso no debe significar nada. Nada personal.

Sin embargo un guerrillero necesita también momentos de ternura. Por muy fuerte y duro que sea, o que se crea. Como los había necesitado él, a pesar de estar totalmente inmerso en sus tareas, planeando las tácticas ofensivas. Como los había necesitado ella misma, a pesar de su renunciamiento, aparentemente total, a cualquier muestra de afecto.

Creyendo, eso sí, que era una forma nueva de amor, sin consecuencias, sin romanticismo... sin lunas llenas brillando sobre los árboles, sin pájaros. Sin puestas de sol sobre el paisaje.

Pero ninguna pareja como ellos. Conviviendo en las profundidades de la naturaleza. Ninguna pareja como ellos, para tener luna, pájaros diurnos y nocturnos y noches enteras velando, esperando el amanecer, cuando la aurora apenas se sospecha y paulatinamente de las montañas va surgiendo la sinfonía del renacer del mundo. Una orquesta afinando tímidamente, poco a poco, así: emergiendo.

Los dos unidos. Esperando traslados, correos con armas o con nuevos compañeros... oyendo el despertar... ¡Siempre alertas!

Un grillo allá lejano, una pausa tímida, otro cercano contestando. Silencio, sombras de animalitos furtivos. En el horizonte, casi imperceptible, un rayito de sol.

El silencio se rompe lleno de esperanzas.

Los pájaros cogiendo confianza, atrevidamente van rompiendo la inmovilidad del mundo, revoloteando, posándose nuevamente. Más cantos, más revoloteos. Una pareja aleteando se aleja. Perdiéndose.

Ya el resplandor inundando todo el cielo. El sol. Ya no hay nada obscuro ni quieto. La vida que comienza cada día. Porque cada día se produce este milagro compartido por los dos... ¡tantas y tantas veces!... cómo únicos testigos.

Y pensó: "¿Será capaz él de sentir amor por nuestro hijo?"

Porque su rostro había permanecido duro tanto en la ternura como en la lucha. Con sus pensamientos clandestinos, dispuesto siempre a morir o a matar.

Si le conmovió en alguna forma el detalle del embarazo, no lo demostró en su rostro, ni en ninguno de sus gestos. Ni sus ojos se agrandaron ni se achicaron. Todo en él impasible, inmutable.

En medio de todo el planeamiento de esos días, de esos meses, el detalle de su embarazo parecería tan sólo un problema más, un riesgo más. La pérdida de un valioso cuadro para los operativos que ya se estaban trazando, estructurando para la insurrección final.

Pero, a lo mejor durante las largas noches de espera, él tendría algún sentimiento tierno y oculto. Porque si él moría en los terribles combates que ya se aproximan, continuaría viviendo en su hijo, producto de un instante de ternura, llevado a cabo cuando a tantos, ¡a ellos mismos!, les parecía que la organización había sido destruida y que ya no cabían esperanzas para la liberación de Nicaragua.

En aquel pequeñísimo acto de amor a lo mejor estaba escondido un destello de esperanza, un fragmento de futuro, un tal vez.

Pero en las actuales circunstancias tan sólo cabe concentrarse en el presente.

El hombre a quien ha amado puede morir de un momento a otro. No le pertenece. Ni a él le pertenece su hijo.

Llora quedamente para que no la oigan los compañeros que la transportan.

Un retén de la guardia los detiene. Los registran. Todo tranquilo. No hay nada anormal. Siguen de nuevo la ruta desconocida. Como a la deriva en medio de la obscuridad, de la tempestad que está más próxima que nunca. Huérfana sin serlo, viuda sin haber tenido marido. Madre, pero sin sentido, del ser que alberga y que es aún más huérfana que ella.

Su madre en algún lugar esperándola. Sin esperanzas. Ella sin esperar nada. No quiere llorar ni claudicar. "Porque, María José, miles y miles de niños nicaragüenses nacen sin asistencia médica, sin ropita, sin peluches, sin calcomanías".

Tiene miedo.

Miedo por primera vez en cuatro años. Miedo de morir, miedo a parir entre desconocidos. Angustia por la reciente despedida. Miedo a enfrentarse a su hijo.

Y ahora que lleguen, ¿qué?

Replegarse. Embuzonarse. Esperar y volver de nuevo, en alguna forma, a la lucha, en función de la cual existe, a la cual ha dedicado su vida. Regresar, pero no a él, ya lo sabe, porque él no puede permanecer durante todo este tiempo inmóvil... hoy mismo debe de estarse moviendo... avanzando. Ningún experto encontraría sus rastros por la montaña. Ni la guardia, ni los perros entrenados por los guardias para seguir rastros de guerrilleros, encontrarían debajo de las hojas secas y húmedas, las huellas de los que se movilizan, se transforman, se ocultan. Ella tampoco los alcanzaría, ni que gastara el resto de su vida en ir levantando las hojas de las montañas para seguir sus pasos.

Ni debía.

La relación terminó con el adiós. Los vínculos se rompieron. La seguridad de los dos. Adiós para siempre. Tenía que ser así.

Y no debía de dolerle, no. Su corazón ya debería de haberse endurecido con tantos años... de saber que un amor en la montaña puede desbaratarse en menos del instante que tarda un disparo. Una ametralladora en una emboscada. El disparo de un Garand enemigo. Así de efímero es el amor guerrillero.

Sabiendo que en cualquier vuelta de camino podían estar apostados los enemigos, esperando. Y es por eso que para ellos los paisajes con luna no son románticos, sino peligrosos, porque a la luz de esa luna alguien puede morir. Ni los cantos de los pájaros... porque si es un pájaro falso, una señal, una traición.

¡Qué frustración! Cuando al fin había logrado un alto puesto de responsabilidad. De mando. Su sueño realizado, cuando hacía poco parecía casi irrealizable.

Es que ella, por su origen burgués había tenido que probar mucho más que otros su vocación revolucionaria.

Había sido duro el ascenso, la confianza conquistada. Ya les había probado a todos sus compañeros su temple. Su capacidad, su iniciativa. Había contribuido hasta el agotamiento a la causa revolucionaria.

Incluso, había renunciado totalmente y por la causa, a todo afecto... pero, ¡cómo desearía, por ahora, ser amada!

II

Karla

Para mayo de 1979 todos los nicaragüenses habían comprendido en alguna forma que se aproximaba lo más duro de la guerra y el final de la larga lucha.

Los trabajos de Karla se intensificaron. Sin descanso. Desplegándose incansable en la consecución de casas de seguridad. Sirviendo de correo entre los cuadros. Tratando de conseguir dinero para poder alimentar a la gran cantidad de jóvenes militantes que de todas partes convergían en la ciudad para después volver a reubicarse.

La Guardia no podía controlar la ciudad. Pasaban las caravanas de Becats, las treinta, las cincuenta, las ametralladoras israelitas. Pero controlaban cada calle solamente lo que tardaban en pasar.

Las caravanas siniestras desfilaban sobre un extraño silencio sinónimo de muerte. Desde cada techo, desde cada campanario, fijos en ellos una mira, apuntándoles, esperándoles...

" ¡Jesús! ¡Cómo han podido confundirse! ¡Cómo han podido mandarme a esta muchacha a punto de parir! !Tiene que haber habido un error en las comunicaciones!"

"Tan delicada. Con recomendaciones especiales respecto a su seguridad, y que quién sabe si en esta ciudad se puedan cumplir... la muchacha demasiado dejada. Da la impresión de que ya no puede más con su barriga..."

Y la ciudad cargada, más aún que la embarazada. Llevando sobre sus edificios, sobre sus habitantes, sobre cada una de sus calles, la inminente y dolorosa explosión de algo terrible. Del desenlace de la larga tragedia.

"Esta ciudad es el lugar menos apropiado. La muchacha está tan cansada. Dicen que ha hecho mucho a pesar de su apariencia de mimada".

Para Karla sí que es una responsabilidad muy seria el que le hayan confiado a María José. En mayo de 79. Cuando ya no hay tregua en la ciudad, ni en ningún lugar cercano ni de día ni de noche.

Los guardias presintiendo ya su derrota. Desesperados. Actuando a lo loco.

De noche tan sólo salen a las calles los contendientes. Desde temprano todas las puertas de la ciudad se cierran.

Se espera. La lucha de cada noche. Las emboscadas. Lo inevitable. La muerte.

Aunque viven en la misma casa otros compañeros, no saben nada de partos. Son especialistas en "bastones chinos", en bombas de contacto, en granadas de fragmentación, en artillería. En muerte.

Karla descuidando sus tareas. Por culpa de María José. Día a día escudriñando su rostro.

Le recomiendan a una partera. Es de fiar. Porque aunque no le cuenten a la mujer quiénes son, lo que hacen... ya no es necesario contarlo. Ya para estos días está marcado en cada quien.

En los rostros, en las actitudes del cuerpo, en el modo de caminar, de mirar. En el olor.

La María José asustada.

La partera con cara de sabia.

Hay que tener listas una serie de cosas. Hervir trapos. No pasará de hoy.

La mujer se va a comprar unas medicinas mientras Karla se pone a lavar y a hervir todas las toallas y sábanas. Las únicas que tienen.

"Virgen Santísima. Oíme. Que sea hoy. De un momento a otro recibiremos la orden. Porque ya todo está listo. En luz roja. Alerta. Esperando la luz verde para actuar. Puede ser hoy mismo, mañana, pasado mañana. La otra semana. Los compañeros listos ya, rodeando la ciudad. Irreversible. Y hacia el triunfo o hacia la muerte".

Una hora después. Cuando estaba tendiendo la ropa en los alambres del patio, vio como si surgieran cuatro demonios. Cuatro demonios de la muerte que se posaron sobre la acera de la casa.

Retrocedió lentamente hasta el lavadero. Muda. Viéndoles claramente por encima del bajo cerco de piñuelas. Sintiendo el Apocalipsis en su carne.

"Como si retenían a los cuatro vientos para que no soplase viento alguno sobre la tierra, ni sobre el mar, ni sobre ningún árbol".

Agazapada detrás del lavadero... mirando a los enemigos, sin poder gritar, advertir.

Vienen bajándose más de otro jeep. Gritando con voces infernales.

No eran demonios apocalípticos. Llevaban ametralladoras en lugar de espadas.

Abriendo a patadas y ráfagas de metralla la puerta de madera. Abriéndose paso con aquellos rayos de la muerte. Sin preguntar. Nada. Tan sólo ráfagas a diestra y siniestra.

Mientras ella atisba desde el lavadero, se va percatando de la magnitud de la tragedia.

"Un silencio mortal bajó del cielo".

Los enemigos marchándose... así, desalmados... Los vecinos reponiéndose del susto. Corriendo, entrando a la casa para ver qué pasó.

Agrupándose más y más. Los chavalos. Los que van pasando. Los jeeps arrancan... los enemigos van satisfechos. Prepotentes. Escupiendo. Con las ametralladoras calientes. Sintiendo, por las miradas, el repudio de la muchedumbre. El terror.

Ya no cabe ninguna clase de reconciliación...

Ella saliendo disimuladamente.

Entrando.

Ve primero a Marcos. El poeta. Con sus sesos, sus pensamientos. Con su sangre, con su vida, salpicando las paredes de la casa. Salpicando toda Nicaragua.

Luis en su cama. Muerto. Sus muelas y dientes desperdigados, el rostro desbaratado.

Pero lo peor no es eso. La María José. En el baño. Todavía viva. Da gritos desesperados y angustiosos. Desgarradores. Los vecinos tratan de ayudarla en alguna forma. La María José con su vientre reventado como un mango maduro. "Gimiendo y llorando en este valle de lágrimas". Su dolor es tan intenso... porque no proviene tan sólo de su muerte, del desgarramiento físico de su cuerpo, sino y también, del dolor del parto... ya era la hora.

Sola, ya sin ninguna esperanza. Con los dolores más cruciales de la vida entrelazados entre sí. El dolor de morir, de desprenderse de la vida... y el dolor incomprensible que produce el dar la vida a otro ser. Vida que ahora no es vida sino que muerte inmediata.

Los vecinos consternados. Quieren hacer algo por ella. Como si toda Nicaragua quisiera hacer algo por ella. Por su hijo.

128

Quieren llevársela, para salvarla. Esconderla. Sabiendo que, de un momento a otro, regresarán por los cadáveres.

"Llamen a una ambulancia, corran". "Hagan algo, por favor, que se muere". "Que el niño a lo mejor todavía está vivo".

Ya no se podía hacer nada porque la María José se moría y paría simultáneamente.

Muriendo, pariendo por Nicaragua. Extraño compromiso.

Oyó el último grito de la compañera. Oyó a los vecinos decir: "Ya se murió", mientras se ponían a rezar.

Pero oyó también que regresaban los del jeep y gritaban: "Capturen a esa mujer". "Capturen a esa mujer, atrápenla a como dé lugar".

Esa mujer es Karla.

"Oigo la orden cuando ya están sobre mí. Inexplicablemente siento terror y valor al mismo tiempo. La perseguida soy yo. Yo misma oí la orden, su eco... "capturen a esa mujer".

"En una fracción de tiempo comprendo que los vecinos se amolotan para protegerme. Ya no hay tiempo. Siento sus siluetas como demonios, como cuervos, tras de mí. El ruido de sus armas, de sus botas".

Una palidez y un sudor helado mientras comprende que ya no tiene fuerzas suficientes para huir...

"Fuéronle dadas a la mujer dos alas".

Saltando tapias infinitas. Patios infinitos. Para siempre. Para el resto de su vida.

Sabiendo que debe controlarse aunque la orden de capturarla la persiga por toda la ciudad..."a como dé lugar".

Como perros de caza la perseguirán... para siemprejamás.

En una casa, la puerta está abierta y en una pizarra hay un rótulo: "SE VENDE COMIDA. HAY REPOSTERIA. LOS SABADOS HAY NACATAMALES".

El dueño comprendiendo, la deja entrar...

Al instante pone en sus manos temblorosas un porta-viandas. Comienza a venderle comida... tranquilo... rete-niéndola... tratando de calmarla con su mirada entre plá-cida y audaz.

Sabiendo, que cada uno de sus movimientos puede comprometerlo y significar su condena a muerte.

Con su actitud logra hacerla que vuelva en sí. Sin pa-labras: con su mirada y su silencio.

Momentáneamente respira.

Sabe que es tan sólo una tregua porque ya no hay re-fugio para su fuga. Que tarde o temprano la capturarán para hacerle daño y matarla. Como hicieron con sus com-pañeros...

Se le viene a la mente la masacre.

Ni siquiera puede llorar por los tres cadáveres, a quie-nes ya no podrán hacer daño. Porque... se han fugado. Transportados por la muerte a un lugar seguro y distante. Inaccesible.

Tan sólo sus madres, sus padres, sentirán donde quie-ra que estén, que se encuentren, una inexplicable angustia. Más profunda. Sin sospechar que no se debe esa angustia tan honda a la ya rutinaria de la ausencia... sino... porque ya no tiene objeto esa vana, inútil, espera.

No debió confiar en la partera. Debió haber hecho todo el trabajo sola... como lo había hecho en el 75, cuan-do escondió y curó al dirigente estudiantil de quien se había enamorado.

Siente una amargura espantosa en la boca, en la san-gre que corre por sus venas, en el aire que sigue entrando y saliendo de sus pulmones.

Luis. Marcos. María José. Niñito anónimo nicaragüen-se, masacrado antes de nacer.

Su voz enmudecida. Sus piernas sin vigor.

Se siente mareada. Quisiera vomitar. Quisiera llorar eternamente.

Debe, antes que nada, controlarse. Pensar en algo distante para no perder el conocimiento, el control de la situación... buscar en su mente instrucciones precisas. Nombres. Direcciones.

Motivar a su cerebro para que funcione. A ver si se acordaba de cuando daba sus clases allá en su pueblo. De la cara de su mamita. Del rostro de su hijito. El color de sus ojos. Su voz. Su voz llamándola: "mamita".

Su hijo vive y la espera. Debe salvarse.

"En Nagarote, con mi tía, está mi hijo".

"Ni un solo fracaso hasta ahora, desde que me pusieron al mando de la casa, desde que me encomendaron tareas...".

La llama el hombre. Se ofrece a transportarla en su carro, parqueado al fondo del patio. Es taxista.

Se acomoda como una pasajera. Tiene que confiar en alguien.

El taxi arranca y ella, de pronto, recuerta una importantísima dirección.

Puede que la dirección funcione y puede que no. Porque es vieja. De cuando vino de su pueblo y se inició en la organización renunciando a su propia historia, a su propio nombre y nació para los compañeros con el nombre de: "Karla".

La mamá de María José limpiaba personalmente el dormitorio de la ausente una vez al mes.

Aquella mañana abrió, para ordenarla, una cajita dorada, alhajera musical que al abrirse tocaba infantilmente: "Rain drops keep falling on my head".

En el fondo de la cajita estaban las joyas que le habían regalado en los cumpleaños y ocasiones especiales, y ella, con una indiferencia que nunca comprendieron, había abandonado.

Sus anillitos desgastados por el uso y que parecían guardar aún algo de su calor. Las esclavitas-pulseras de oro y plata con su nombre grabado. Chapitas. Cadenitas con medallas de Santos.

Los ojos de la mamá llorosos. ¡Todavía día a día la esperaba! La cajita tocando infantilmente: "Rain drops keep falling on my head...". Hasta que se le acabó la cuerda. La cuerda.

La mamá de Marcos fue entrevistada por un reportero, a finales de mayo de 1979.

"¡Cómo estará él de enfermo! Y ¡cómo estoy yo de desesperada! Pensando que anda con su misma ropita sucia, sin que nadie se la aliste y sin que nadie le diga ni Jesús te valga. Y él, ¡cómo ha sido de pegado a mí! Lo mal informaron y tuvo que irse. Tal vez está preso, me lo han maltratado...".

Mientras hablaba se secaba los ojos y las narices con el delantal.

Se agachó para despachar una ración de chancho con yuca. Su vestido azul se recogió y dejó ver un fustán amarillo y brillante que a su vez se recogió y dejó al descubierto unas ligas verdes en las que se enrollaban y sostenían unas medias gruesas, color tierra, para várices.

De la mamá de Luis no se supo nada porque su verdadera identidad nunca fue conocida.

III

Lucía

Lucía se asemejaba a un frágil pájaro con sus alas rotas para siempre. En la cárcel maduró de golpe. Durante las investigaciones. Cuando le hicieron una y otra vez las preguntas para convertirla en delatora. Ya nunca podría llegar a sentir tanta indignación. Y la crueldad. Ellos tampoco, si eran hombres, volverían jamás a ser los mismos. O tal vez... porque ella misma, a pesar de tantas vejaciones, ultrajes... se sentía aún intacta, pura, con su mente si se pudiera decir, virgen.

Las preguntas, una y otra vez, la hicieron traspasar la barrera de la comprensión. Cuando se enfrentan los seres humanos por primera vez y totalmente solos a la realidad. A esa realidad que siempre pareciera factible solamente para los demás.

Desnuda... totalmente desnuda... su cuerpo desprovisto de sus ropas... encogido, daba la sensación de desamparo, de un pájaro sin sus plumas... las preguntas... y en sus ojos obscuros una mezcla, para siempre, de dolor y rebeldía.

No es lo mismo la vida, ya en serio, que cuando se juega a ella como hacen los niños y como había jugado ella misma. Ratos enteros fingiendo que estaba ciega, mientras apretaba duro los ojos, divertida, caminando vacilante con sus manitas infantiles extendidas, tocando... pero cuando se caía, abría los ojos. O se tapaba los oídos y jugaba a que estaba sorda... simulando.

El juego puede terminar con una risa, un llanto o un regaño, pero termina, no es más que un juego.

Pero allí, no podía abrir los ojos, y ni que los abriera dentro de aquella negra capucha podría ver. Ni quería. Ciega. No podía tampoco oír en aquel espantoso encierro. Era una inválida dentro de aquellos muros donde además la humillaban hasta la inconsciencia.

El peso del verbo ser o estar no es lo mismo que el del verbo jugar.

Las préguntas aquellas con las que maduró y cambió, porque de pronto, al oírlas, se enfrentó a la espantosa encrucijada de la delación o la crueldad de su propio sufrimiento.

Tratando de evadirse mentalmente, esquivar.

La angustia infinita y verdadera.

Pero el verbo ser o estar, imponiéndose.

Oía las preguntas claramente a pesar de que hubiera deseado ser sorda. Y esperaban sus verdugos. Esperaban a que ella les contestara con la misma claridad con que las escuchaba.

En el espacio un silencio sin ningún color de esperanza.

Su corazón demasiado joven y delicado para el peso de su vivir, en serio, sin juegos ni risas.

Se sentía al mismo tiempo, frágil y fuerte como un corcho. Porque sobre el agua y en una tempestad el corcho flota y resiste. Nada puede vencerlo. Ni el viento, ni el oleaje. Nada lo sumerge.

Así su corazón, su cerebro. Frágil y resistiendo. Flotando si era preciso hasta la misma muerte.

Su cuerpo joven, rompible y fuerte al mismo tiempo. Amado. Ya muriendo por culpa de sus verdugos a pesar del amor.

En los momentos de tregua se sentía invadida por unas punzadas de nostalgia, de angustia indefinible.

Presentía que afuera ya todo debía estar listo... la consigna era el invierno. Las primeras lluvias.

Quería, deseaba estar libre cuando cayeran las primeras lluvias... cuando toda la tierra se mojara y exhalara aquel aire impregnado del perfume de la tierra... la decisión ya impostergable de la última lucha.

Imposible.

No la liberarían. Tan sólo la muerte podría precipitar el acontecimiento de su regreso.

No quería morir, no. En aquellas adversas circunstancias lo que más le dolía, lo que más sentía, era morir sin haber tenido la oportunidad de concebir y parir un hijo. Su hijo. Ser madre. Porque secretamente siempre lo había deseado... y se había preguntado: "¿Podré algún día, en una Patria Libre, concebir y parir un hijo?"

Ya no le importaba más su cuerpo. Inexplicablemente, no la conmovía más. Como si no le perteneciera. No le importaba después de todo lo que le habían hecho.

Se sabía condenada a muerte y a corto plazo. Ajena.

Sabía, que de un momento a otro, la insurrección final comenzaría en todos los confines de Nicaragua... y si a ella la tenían enjaulada... un animal joven enjaulado... no le quedaban alternativas... porque... cuando se diera la orden de ataque, en todas las zonas cercanas a los comandos, a los fortines, a las cárceles... puestos de la Guardia... la consigna sería: "Tierra Arrasada". Lo que significaba... que todo lo que quedara dentro de esos límites... no quedaría... y que la orden de los enemigos... sería: matar a todos los prisioneros.

En su cerebro: nombres. Claves. Casi que de su propia vida dependían otras vidas. Pendiendo de ella.

¡Tantas cosas pendiendo de sus palabras... o de su silencio!...

No le importaba la muerte en sí, si moría... sino que su muerte fuera inútil, estéril... o sus alas rotas. Ya nunca más poder escapar. Así, inválida.

Si moría la encerrarían en una caja triste con tornillos muy fuertes, especiales. La recibiría su familia. La perdería la Patria.

Lo que no sabía Lucía... No podía saberlo. Es que fuera, por toda Nicaragua, ya llovía.

El invierno se había adelantado. Impaciente.

La hierba reverdecía. Los árboles lavados por las primeras lluvias, ya sin el polvo del verano, brillaban al sol.

Estaba preparado el escenario propicio para que los guerrilleros se escondieran... avanzaran sigilosos y comenzara la guerra.

Pero los ojos de Lucía no podían ver los campos verdes. Su nariz no podía inhalar el dulce y penetrante aroma de la tierra mojada... Sus oídos reventados no captaban el sonido prometedor de la lluvia.

Pero ya llovía.

El milagro de cada año. El milagro mágico de la lluvia.

Llovía.

Y los compañeros pertenecientes a la célula de Lucía, se movilizaban, prestos, y cumplían a cabalidad sus funciones, gracias a su silencio. Su silencio.

Ciega. Muda. Sorda para siempre.

No oyó los primeros combates ni se regocijó con el avance guerrillero.

Los que avanzaban con audacia y presionaban sin tregua no sabían que Lucía estaba allí. No tenían forma de saberlo. Que aún vivía, que los enemigos no habían tenido tiempo de cumplir la orden de eliminar a los prisioneros.

Esa madrugada Lucía no escuchó a los guardias llamando a Managua por la radio...

"Veintidós... veintidós... urgente...".

"Doble cero... doble cero... consígame a India Comando".

No los oyó pidiendo refuerzos y aviones en forma insistente y desesperada... porque los estaban atacando por todos lados.

¡Que los están atacando, mortereando y lanzando RPG-2!.

"Doble cero... comunique al Bravo Uniforme Noviembre Kilo Eco Romeo que salimos... Abandonamos el Papa Charlie... por el corredor... rodeados por "chapuceros" por cuatro costados... nos llevamos municiones, armamento y radio hacia el punto convenido... sólo quedan pasajeros para la Dama Azul... Procedimiento de emergencia en proceso...".

De pronto. La pantalla de la vida de Lucía se tornó completamente roja en una explosión terrible.

Todo era un inmenso incendio: Las copas de los árboles, las plumas de los pájaros, las cumbreras de las casas.

Todo una sola llama. Anaranjada. Ardiente. Sublimante.

IV

Sonia

Ha sido tan larga esta noche, que no sé si ha sido una sola, o varias noches. Si todavía es domingo o ya es lunes o martes. ¡Cuánta cantidad de tiempo en cada hora! ¡Qué frío y metálico el viento y cómo ha estado de alejado el cielo! Por dentro siento un frío casi polar. En mis huesos, en mis médulas. Quiero ser valiente.

Los muchachos de nuevo intentándolo. Ya no han de tardar.

En tocar a mi puerta, en llamarme.

Ya en la puerta sus sombras. Los compañeros a quienes reconozco a pesar de sus sombreros de alas caídas, de los pañuelos sobre sus rostros. Porque he visto esos ojos relampagueando cientos de veces. Fervor revolucionario. En las huelgas estudiantiles de secundaria cuando nos tomamos los colegios. Aulas escolares dejadas atrás antes de tiempo.

En Septiembre.

Ya está tomada casi toda la ciudad. Los disparos se generalizan. Se oyen en Guadalupe y en el Laborío. Está tomado San Felipe, San Juan. El Coyolar. Sutiaba.

Temblamos, oyendo los disparos dispersarse por la ciudad, generalizándose. Disparando nosotros mismos.

Conocerme. Encontrarme ante la nueva significación de haber descubierto mi propio valor. Cambiar con una decisión todo el curso de mi vida. En un fragmento de instante todo mi futuro.

Porque desde el momento en que los compañeros golpearon la puerta, supe llegado el instante.

Mi corazón manteniéndose manso. Mis sentidos alertas. Dejando de temblar en el preciso y fugaz segundo en que oí su voz, y sentí su mirada penetrándome.

Y pudiéndole decir, allí mismo, a la puerta de mi casa, que temblaba, que tenía miedo, que había cambiado de parecer, que ya no quería participar en la insurrección armada porque pensaba que era una temeridad...

Pero todo fue verle, sentir en su voz y en su piel la decisión, la audacia, para comprender que no había, que no cabía ya la duda. Ante su mirada joven, desafiante, convertida de un solo golpe en la de un hombre.

El fuego concentrándose por el lado del Comando.

Primero levantamos barricadas con los adoquines de las calles.

Apostados allí. En aquellas trincheras.

No es el reloj el que marca el tiempo, sino el tableteo de las ametralladoras por el lado del Comando. Ese sonido mortal significa la fuerza, el empeño de nosotros por mantener el fuego desde nuestro lado, para hostigar si es preciso hasta la muerte.

El tiempo que ha transcurrido desde el comienzo del combate, los instantes en que se detiene haciendo más funestos los obscuros silencios de la noche, para continuar luego, desigual, en cierto modo alocado, con ráfagas cortas y precisas de profesionales alternándose con nuestros disparos locos de principiantes. Como un diálogo mortal y sin entendimiento.

Ya no cabe la comprensión.

El tiempo fraccionado tan sólo por disparos.

Todo lo que hemos crecido, madurado en estas noches. Ya ni sabemos la hora, tan sólo distinguimos que los disparos se generalizan y llueven por toda la ciudad, parejo, como en la noche de una "gritería" mortal, de todo calibre.

En las películas no pueden imitar las expresiones en los rostros que yo observo en mis compañeros porque no se puede copiar la realidad.

El disparo salido de un Garand, o de la ametralladora recuperada por un compañero de dieciocho años dispuesto a morir, con una mirada decidida, desafiante, perdida más allá de la inmortalidad. O las ráfagas desesperadas de un guardia embotellado, a quien le han ordenado sostener su posición insostenible... y aunque no le den la orden... Defender su posición es su única alternativa durante esta guerra en que todos los jóvenes se han rebelado.

A medida que la noche madura, el combate crece con ella, ya no cesa, y no disminuye. Por el contrario. Cada hora, el furor de los jóvenes combatientes y la desesperación de los militares es testimonio de que al fin ha llegado el momento.

Disparando a lo loco toda la noche. Por encima de los patio silban y cruzan balas de toda especie.

Nuestros disparos de riflitos y pistolas 22 y 38 tan sólo suenan para que los de mayor calibre se destaquen más.

Un disparo le dio a un guardia...

Ver a un hombre que vive, que se mueve, que tiene pensamientos, caer en un abismo que debe ser obscuro... morir... sin que medie más que la fracción de tiempo, de instante, del ojo puesto en la mira, del dedo en el gatillo, del cerebro dando una orden funesta y terrible. El hombre cayendo al suelo, yaciendo, desangrándose, con todo lo que constituía su vida, huyéndole de sí.

Dejar de ser, de formar parte de la humanidad. Mi extraña reacción, no ante el peligro de mi propia vida, mientras el ojo fijo, frío y obscuro de su Garand estaba puesto en mí, sino ante la vida de él que se derrumba... porque ni siquiera me conocía.

Temblando con todos mis nervios, mis músculos... ni siquiera le conocía, ni él a mí.

La mayoría de nosotros no sabemos disparar. Hemos comenzado combatiendo tan sólo con palabras, gritos, protestando en las aulas de los colegios.

Otros muchachos y muchachas integrándose a las escuadras, a la lucha. Ya el tiempo no puede ser el mismo ni tener el mismo significado para los que tomamos la decisión de pelear.

En cada puerta nos regalan algo. Comida, ropa, y una que otra arma.

Tenemos todos una mirada, un olor, una actitud extraña. Es cuando se le pierde el miedo a la muerte, e interiormente ya a uno "le vale".

Las calles de la ciudad llenas de barricadas y desiertas. Porque en la frecuencia de la radio enemiga dijeron que vienen los aviones a bombardearnos. Que cuando terminen con Masaya... vienen para acá.

Observándonos unos a otros. Se espera. Se está alerta. Porque ya sabemos lo que significa el ruido de los motores de los aviones o de los helicópteros cuando se vienen acercando a la ciudad.

Conocemos sus intenciones. Cuando el avión pica, inicia el "chandelle", corta los motores... comienza a disparar sus roquets.

Entonces no queda ningún otro ruido en la ciudad...

Todo quieto. Hasta los niños más pequeños dejan de llorar. Hasta los perros se esconden y no ladran más...

142

Tan sólo queda la sombra de la muerte sobre la ciudad y las sombras de los aviones, su sinónimo... como en una sola sombra apocalíptica.

Los pájaros de plata, como decía Tarzán en esas viejas películas... escupiendo fuego.

El corazón se asusta ante los primeros disparos de los aviones. Los roquets, las ametralladoras treinta o cincuenta de los helicópteros. Sonidos cortos, mortales. Tambores sincronizados. El corazón revoloteando, brincando... para después terminar acostumbrándose.

El ataque aéreo sigue por la mañana.

Ya no sé ni cuántas mañanas o noches han pasado.

El enemigo atacándonos por el aire y por tierra, con una tanqueta.

La tanqueta girando y chirriando al girar, escupiendo por su orificio oscuro, calibre treinta, la devastación total.

Se van sintiendo todos y cada uno de estos sonidos por todas las fibras de la carne... entrando a mi cuerpo, hasta el fondo, conducidos por mis oídos, mis ojos, mi nariz.

Por las noches, los silencios, cuando se detiene un momento el combate, son terribles. Presagios de algo, de cosas funestas, siendo casi preferible oír disparos, signos de vida en esta guerra. Porque si solamente hay silencios, quiere decir que solamente hay nicaragüenses muertos.

Los compañeros más audaces se quedan en las posiciones más cercanas al Comando, siendo sus sombras las que van caminando por las aceras... atrincherándose en las mochetas, portando sus armas... avanzando siempre que se puede... una pulgada... una cuarta... avanzando con audacia... los apostados al Norte de la ciudad, hasta el punto más al Sur, y los del Sur... hasta el punto más al Norte... Estrechando el cerco. Sigilosos pero sin tregua. Como por arte de magia se van levantando las trincheras con los adoquines. Uno a uno. Levantándose uno a uno los adoquines, por enjambres de diligentes abejas, que forman como

colmenas, cada vez más cerca. Más cerca. Relevando inmediatamente al compañero que cae abatido por los francotiradores de los enemigos que ocupan las posiciones más
altas.

Copándolos. Por todas las calles... diligentemente, sigilosamente. Tenazmente.

Avanzando también por dentro de las casas. Por hue-
cos abiertos en las grandes paredes de adobe... como hormi-
gas disciplinadas y organizadas. Túneles por dentro, como
comejenes... para que no los cacen los francotiradores...
así, se va controlando la ciudad.

Vuelven los aviones.

Como se acercan a nuestras posiciones, nos ordenan
protegernos, replegarnos a lugares más seguros.

En Septiembre, a nuestros francotiradores los derriba-
ron los aviones y las tanquetas, con todo y los campanarios
de las iglesias.

Unos compañeros inexpertos comienzan a disparar
hacia los aviones con armas de corto calibre.

La ciudad está llena de cadáveres.

Mientras Marvin, el jefe de nuestra escuadra, alista un
RPG-2 porque nos avisan que viene una tanqueta... el avión
pica sobre nuestra trinchera... inicia el chandelle casi sobre
nosotros... corta los motores.

Los dos resplandores, los dos disparos se confunden.

Aire, tierra. Tierra, tierra.

Veo caer a Marvin. Marvin mi compañero. El muchacho por quien estoy aquí. Quien me convenció, me
entrenó. En cierta manera he estado enamorada de Marvin
todo este tiempo y le he seguido ciegamente... aprendién-
dome todas las cosas que él sabe, que él nos enseña. Amándole, secretamente. Admirándole, mientras él nos hablaba
de insurrección.

Veo su sangre, sus gestos de dolor, su angustia. Siento que aunque él jamás lo aprobaría, no puedo, no puedo

obedecer la orden de repliegue, gritada por él mismo mientras caía...

No puedo hacerlo.

Me volví para asistirle, para ver si podía en alguna forma arrastrarle conmigo...

Entonces sentí que yo también estaba pegada.

Estoy pegada y en la calle desierta.

No siento un gran dolor, pero el resplandor que volvió a bajar del cielo, me ha doblado totalmente y no puedo incorporarme. Una debilidad mortal me lo impide mientras siento mi propia sangre manando, corriendo tibia por mis piernas. Quiero arrastrarme, apartarme de la barricada un poco hacia la cuneta... pero no tengo fuerzas.

Permanezco alerta y, mientras, voy logrando moverme pulgada a pulgada. Pareciera que tan sólo yo he quedado con vida en esta ciudad fantasma, en esta ciudad que tiembla con cada disparo. Temblando, temblando yo y temblando la ciudad por mí como si nos contagiáramos mutuamente...

Hay momentos en que recuerdo haber transitado por esta misma ciudad llena de vida. Pero de pronto, un silencio total cae sobre ella, momentáneamente. Como si estuviera viviendo y muriendo en una ciudad cien años muerta. He sentido esta sensación...

No hay movimiento. No hay sonidos. El tiempo se detiene o se acelera o retrocede.

Un extraño pavor se apodera de mí. Como si yo misma no fuera yo, sino un pasajero equivocado de un fragmento de historia antigua. Como si los que aún creemos vivir no somos los vivos, sino los muertos de hace mucho tiempo que solamente recuerdan, la historia, todas nuestras revoluciones.

Me comienza a doler. Dolor. Y es todo el mundo el que gira y somos tan sólo la ciudad y yo. Ella llorando por mí, yo por ella, ambas heridas de muerte.

Oigo disparos de una treinta y ocho y un grito de: "Patria libre o morir". La voz de un adolescente, de un niño aún que se acerca lentamente a la averiada tanqueta.

Luego el espantoso sonido... la tanqueta reviviendo, girando, chirriando al girar... sorda, gruesa, espantosa la ametralladora treinta... y el silencio.

Tan sólo una ráfaga... y el silencio total.

Al rato abro los ojos... el muchacho parece dormir profundamente a media calle, con su pistola cromada cayéndosele de las manos ya inertes.

Oigo. Continúo escuchando más allá el sonido de los motores de los aviones, sus disparos. Su fuerza, el empeño y la obstinación de un hombre.

La tanqueta, como un monstruo antidiluviano, yace inerte.

Siento sobre mí un enorme peso. No puedo saber cuál es el peso, pero lo siento sobre mí, me abruma. No puedo localizar mi dolor. Está en mí y eso es todo.

Estoy pensando cosas tontas. Me confunden el bien y el mal.

No puedo apreciar con claridad, no puedo distinguir el color de las cosas. Los colores del cielo sobre mí.

¡Cuánto tiempo habrá transcurrido desde que comenzaron esta mañana, desde que estoy pegada!

¡Dios mío! y si nos han quebrado. Un repliegue a estas alturas sería desastroso, inadmisible. Toda la población involucrada sería exterminada. La ciudad borrada del mapa.

No quisiera que por siglos se quedaran nuestros gritos rodando inútilmente en las calles de las ciudades de Nicaragua. Que se oigan en las noches obscuras nuestros disparos, como se oye el paso de las carretas de nuestras antiguas leyendas, convirtiéndose en un mito, como si esto no hubiera sido más que un sueño... y nuestros cuerpos sin vida enriqueciendo el número de los fantasmas, como el de Arechavala... único resultado de nuestros sueños juveniles...

Sin saber si otros muchachos siguen luchando, muriendo sin esperanzas, soñando con vencer y terminar con las injusticias... como un eco, una quimera. Nada más que un eco, una quimera.

Que se queden el ruido espeluznante, el chirrido de las tanquetas o los ladridos de todos los perros nicaragüenses, tal como ladraban cuando se preparaba un hostigamiento, una emboscada, sin haber logrado el triunfo. Rodando para siempre esos sonidos... y sin haber logrado nada.

Y mi corazón puesto sobre mi pecho adolorido y sangrante. Palpitando, muriendo. Despidiéndome de tantas y hermosas ilusiones. Amar. Odiar. Temer.

Oigo ruidos de sirenas que me derrotan. Ruidos manejados por otros hombres con el único propósito de aniquilar completamente la vida, nuestros anhelos, nuestra generación.

Mientras experimento mi primera derrota, voy logrando incorporarme sobre mis brazos y moviéndome lentamente logro cruzar una puerta abierta... para después caer ya sin esperanzas de volver a vivir de nuevo.

Jamás voy a cumplir mis quince años. Ni nunca experimentaré la alegría de leer mis poemas publicados en la Prensa Literaria. Serán en vano todos mis esfuerzos por ser la mejor alumna en Literatura. Por ilustrarme...

Todavía siento dentro de mi tórax la resonancia que existe en las palabras. Llevo dentro de mi cabeza mil palabras para describir todos los sentimientos del mundo. Todas las ansiedades. El amor.

Mientras ellos continúan girando sobre la ciudad humeante.

El cielo permanece impasible... la calle se me va yendo... la ciudad se me va borrando.

Siento la debilidad en los golpes de mi sangre que disminuyen al chocar contra mi piel, como golpea cada vez menos el agua de un estanque contra sus propios diques cuando éstos se han roto.

No sé si amanece o anochece... Si el color del cielo se debe a un crepúsculo o a una aurora... si todo ese resplandor es debido a un inmenso incendio.

Un grupo de muchachos con insignias de la Cruz Roja se vienen acercando. ¡Son tan hermosos! Gimo para que me oigan.

Todo es incierto. Leves los colores de las cosas. Sin embargo y al borde de la muerte, mientras me transportan, siento una especie de embriaguez.

¡Qué hermosos momentos!

El éxtasis total... lo que he sentido forma parte de un solo grito rebelde y ansiodo de libertad y de justicia.

V

En la madrugada. El veinte de Junio.

Se rinde el Comando de León.

Todas las campanas de las iglesias comenzaron a repicar y la gente se salió a las calles.

Sonia, que había caído en coma, alcanzó a escuchar el repique de las campanas en un momento de lucidez.

Los abnegados estudiantes de medicina que por tantos días la habían asistido y tratado de aliviar en su agonía con sus dos piernas engangrenadas, no pudieran testimoniar si Sonia había comprendido el significado del repique de las campanas o si lo había interpretado como su propio y poético concepto de lo que significaba morir.

VI

Margarita Maradiaga

El diecinueve de julio Karla se fue a pie, por veredas, desde León hasta la Paz Centro. Allí decidió seguir, cuando unos compas le ofrecieron raid, hasta Nagarote.

Necesitaba reunirse con su hijo.

El veinte siguió hasta Managua con todo y el niño.

Llegó a la plaza llamada hasta entonces de la República, y bautizada desde el diecinueve, como plaza de la Revolución.

Los nicaragüenses, en multitudes se habían ido agrupando... asombrados.

Poco a poco comenzaron a llegar, a desfilar, a medida que iba convergiendo, los diferentes frentes de guerra que habían luchado, que habían ganado.

Karla hubiera querido componer, como Rubén Darío, una Marcha Triunfal. Para Nicaragua.

Una marcha victoriosa y nicaragüense... a los guerreros nicas... que desfilaban sin lujos, sin estandartes, sin negros mastines, sin lanzas ni rudos penachos... que no desplegaban espadas ni ilustres aceros, sino pertrechos de guerra desiguales, garands, galiles, uzis, granadas, arrebatadas al enemigo en fieros combates.

No se miraban por ningún lado los "fuertes caballos de guerra mascando los frenos". Tan sólo la estatua. El caballo ridículo, impuesto. Despedazado, arrastrado, amarrado con mecates de cabuya ante el júbilo del pueblo.

Un desfile al que todavía llegaban los guerreros, todos sucios, barbudos, cansados... asombrados ellos... y ante el asombro del pueblo.

El desfile es como un sueño. Y el final de una sangrienta pesadilla.

Los nicaragüenses gritan. Cantan al unísono canciones de protesta, una de las armas más efectivas en la guerra reciente.

¡La euforia de la victoria!

Ella quiere "señalarle su héroe al niño"... y de pronto, como sintiendo un destello, reconoce sus amados ojos infinitos... que parecen al pasar, posarse en ella.

No hay duda. A pesar del sucio-verde-olivo. Del pañuelo al cuello. De la barba oscura y de los gruesos bigotes... porque "cómo no haber amado sus grandes ojos fijos, sus grandes ojos fijos". Ha hecho casi suyo el poema de Neruda. Su poema preferido.

Pero se posan sobre ella tan sólo por un instante. El suficiente para reconocerle. ¡Cómo no reconocerle! Cuando tantas y tantas noches ha pasado su descripción por su cerebro. De memoria. Repetidamente.

Ha pasado tantas horas asida a aquella vana e inútil espera.

Sus ojos ya serenos después de la gran jornada... serenos de cansancio. La vigilia. Asombrados ante aquella victoria, ante el peso.

Es tan sólo una ilusión... ¿o es en realidad que aquellos ojos se han posado en ella? Pero no. Sin demostrar amor, ni nada. Una mirada producto de las circunstancias increíbles de la victoria... pero para ella, nada en especial.

Pero sí. Lo suficiente para sacudirla y hacerla comprender que ni ahora, ni entonces, le perteneció... ni a ella ni a ninguna otra, porque estaba dedicado en cuerpo y alma a la Revolución... al fin se le iluminaba el cerebro, le da la cabeza... fue suyo solamente mientras le escondió y le curó... cuando tuvo aquellos breves momentos de ternura, para ella, con aquella mirada mezcla de traslúcida transparencia y profunda y desconocida obscuridad.

La multitud grita. Les ovacionan.

Va comprendiendo que la corriente del cambio lo llevará navegando sobre aguas y lo arrastrará a riberas que jamás lo acercarán a ella... así, así había sido antes. Cuando se marchó. Pudo escapar y nunca más volvió a saber de él.

"Ya no te acordás de mí, cuando te escondí, te curé y te salvé la vida. ¿Pero cómo podrías acordarte después de haber vivido todos estos años huyendo, luchando, clandestino? Sin escondite para tu fuga, sin ribera para tus naufragios, sin dejarte atrapar... siempre perseguido. Mientras yo rezaba y me imaginaba tu cuerpo herido y perseguido aferrado a un tronco flotando sobre los ríos caudalosos del Atlántico. El río Escondido. Tu balsa fugitiva deslizándose furtivamente sobre el San Juan o allá al Norte, sobre el Coco o el Prinzapolca... cuando rezaba por vos para que nadie te denunciara, no te atraparan, para que nadie te torturara".

La corriente no los juntará jamás. Ni ahora, ni nunca. Porque aquel hombre jamás le ha pertenecido más que en sus pensamientos románticos...

Su último pensamiento para él fue una especie de oración. "Virgen Santísima, ayúdalo para que el triunfo no se le suba a la cabeza, para que no se vuelva creído, para que no traicione sus ideales juveniles".

Mientras la multitud los continúa ovacionando, a ella, allá en su pueblo, la espera una fila interminable de niños, mocosos, sucios, analfabetos y desnutridos.

Su lucha continuará allá, con su propio prestigio, con las armas mejor conocidas por ella.

En ese instante lo comprendió todo bien claro. La causa por la que había expuesto su vida había triunfado, por eso, ya nadie podría quitarle la satisfacción, que tal vez, solamente ella conocía, de haber contribuido al triunfo de mil maneras.

Se dio cuenta de que lo que más deseaba en ese instante eran tan sólo un hogar para criar a su hijo. Paz para poder preparar, concienzudamente, los programas escolares. Enseñar.

Para disimular ante ella misma, las lágrimas que involuntariamente se le han salido al comprender que ha llegado al término de su ilusionante y romántica búsqueda, le sonrió al niño, se sacó de la cartera un córdoba y le compró un moño hermoso y rosado de algodón de azúcar.

Sintió de nuevo una punzada de entusiasmo y optimismo producida por la sensación de saberse viva, aún joven y alegre. Una ansiosa nostalgia por su pueblo, una urgencia en el corazón.

Desde ese mismo instante dejó de ser "Karla".

Recobró su legítima identidad.

Margarita Maradiaga. Maestra rural.

*Este libro se terminó de imprimir en
los talleres de Imprenta y Litografía
Varitec S.A. en el mes de julio 1986.
Su edición consta de 2.000 ejemplares.*